爱国者

汪海林◎著

中国工人出版社

图书在版编目（CIP）数据

爱国者／汪海林著. —北京：中国工人出版社，2018.6
ISBN 978-7-5008-7004-3

Ⅰ.①爱… Ⅱ.①汪… Ⅲ.①长篇小说—中国—当代 Ⅳ.①I247.5

中国版本图书馆CIP数据核字（2018）第110148号

爱国者

出 版 人	芮宗金
责任编辑	葛忠雨
责任校对	董春娜
责任印制	黄 丽
出版发行	中国工人出版社
地　　址	北京市东城区鼓楼外大街45号 邮编：100120
网　　址	http://www.wp-china.com
电　　话	（010）62005043（总编室） （010）62005039（出版物流部） （010）62379038（社科文艺分社）
发行热线	（010）62005049 （010）62005042（传真）
经　　销	各地书店
印　　刷	北京市密东印刷有限公司
开　　本	880毫米×1230毫米 1/32
印　　张	7.75
字　　数	245千字
版　　次	2018年6月第1版 2018年6月第1次印刷
定　　价	45.00元

本书如有破损、缺页、装订错误，请与本社出版物流部联系更换

目录

Contents

第一章　陷　阱

1931年8月的沈阳。

这一天，沈阳的雨夜似乎格外寒冷。

突然，“嗒嗒嗒”的声音打破了雨夜的静谧，一阵皮靴踏水的声音从狭窄的街道尽头传来。原来是一队日本宪兵。他们披着雨衣，戴着钢盔，面无表情。

在没有任何命令的情况下，这队日本宪兵却在巷子里停下了脚步。在他们的正前方，迎头走来了一支东北军巡逻队。

带领日本宪兵的是个少尉，他不屑地扫了一眼东北军，然后把目光锁定在一个小伙子身上。

这个小伙子是东北军的少校，名叫冯超。他毫不退缩地盯着日本少尉，眼神里充满无畏。

日本少尉轻视地笑了一下，领着宪兵继续行进，眼看两支巡逻队就要擦肩而过，他却打开手中的电筒，一脸玩味地晃着东北军士兵的眼。

有样学样，其他日本兵也笑嘻嘻地打开了电筒，一边啐着，一边在东北军士兵的脸上乱晃着。

东北军士兵血气方刚，哪能忍得了这样的羞辱？他们纷纷攥紧了步枪带，一名士兵悄悄把自己的步枪下了肩，打算跟这帮日本人拼个你死我活。

霎时间，气氛变得剑拔弩张。

这时，一只手从把枪下了肩的士兵的背后出现，步枪被拉回肩上。士兵气愤地回头一看，原来是咬着嘴唇的冯超。

他下令道："听我口令！保持前进……"

冯超这么做并不是胆小，而是国民政府为防日军蓄意挑起冲突，严饬各部中国军人，遇日军滋事，须尽可能息事宁人。正如日军少尉所说，丢人的并非东北军人，而是他们的政府。

与此同时，中共东北特科成员刘沛，正在火车站私贴工运传单。突然，一声尖锐的汽笛响彻站台，刘沛发现有两个持枪的特务，正向自己疾步走来……

"再跑开枪了！举起手来！趴在墙上！"特务追上逃跑的刘沛，一番争斗后，特务从刘沛身上搜出了工运传单。

眼看刘沛就要被抓，一道闪电划过天空。在一瞬的光亮后，四周再度陷入漆黑。一道刺眼的手电筒长光迎面射来，照得刘沛和特务睁不开眼睛。

一个身材高大的男人出现在三人面前："怎么回事？"

特务看到来人的穿着，立刻卑躬屈膝道："报告巡查长，抓了个工运分子。"

巡查长不耐烦地给了刘沛一个耳光，然后示意巡查员把人带走。

特务急忙辩解，称人是在自己管辖范围内抓到的，如果要带人，需要打电话请示上级。

一阵火车进站的汽笛声再次响彻站台，巡查长跟身边的巡查员交换了眼神。突然，刘沛卧倒在地，巡查长掏出手枪瞬间击毙了两个特务，然后摸出钥匙，给刘沛打开了手铐。

“瘪犊子，你真往死里抽啊！”刘沛笑着摸摸脸。

巡查长微笑，摘掉了脸上的伪装。原来，他是假扮巡查长的中央特科成员——宋烟桥。

再看教堂门口，出现一队奉命端掉中共地下党联络站的日本警察，为首的是横烟与他的学生岸谷。神父陈思远，正是他们的目标。横烟打算通过陈思远，找到他们的追捕对象——颜红光。

陈思远当然知道横烟的目的，他逃出了教堂，并且与日本人进行了殊死搏斗，奈何寡不敌众，还是栽在了横烟的手里。

陈思远被横烟送进了医院，而岸谷他们则继续蹲守在教堂，等待那个与陈思远接头的人。

另一边，被宋烟桥救下的刘沛，将宋烟桥带到了自己家中。刘沛的儿子刘小毛透露出自己对颜红光的崇敬，于是宋烟桥开始教刘小毛“打架”。

刘沛咂咂嘴，怪宋烟桥教坏他儿子，还说自己只想让儿子远离打打杀杀。

宋烟桥却冷漠地告诉他，革命的理由其实只有一个，那就是苦难。

刘沛无意与宋烟桥争辩，宋烟桥拿出瓶洋酒递给刘沛，并告诉他：“上级认为，老王被捕，和颜红光有关联。我已经向中央提议，找到颜红光，争取让颜红光在党的领导下参加抗日斗争。上级收到了老王的电报，说准备跟颜红光见面。”

刘沛一拍大腿，说：“果然！就是这则电报坏了事！”

宋烟桥皱眉，让刘沛说详细点。

原来，老王叫王振祥，在得知颜红光的信息后，在不该发报的时候发了报，日本人前来抓他时，他举枪自杀失败，被日本人抓获。

宋烟桥告诉刘沛，自己这次来的任务，就是营救老王，并且要去教堂找陈思远，取一把黄铜钥匙。

教堂外，穿着一条大红色的长裙、拿着一本《圣经》的年轻女共产党员舒婕，已经机敏地发现了包围教堂的日本特务们。

她镇静地走进教堂，发现了假扮神父的横烟，也发现了假扮修士的岸谷。岸谷目光游移，根本不是一名修士该有的目光。

舒婕默念了一段祷词，起身去了刘沛家。

刘沛惊愕地看着舒婕，责备她不该在全体静默的时候找自己。

舒婕却告诉刘沛，教堂联络点已经被特务布控了。

刘沛想到要去教堂取钥匙的宋烟桥，不禁自语道：“这是个圈套！”

刘沛咬咬牙，递给舒婕一块表，说：“我要是托人联系你，会戴着这个。这表是停的。看清楚，一点五十八。它是唯一暗号。”

舒婕点点头表示明白，同时脸上一红，叫刘沛一有老王的消息，便立刻联系自己。

厨房里，刘太太看着擦拭手枪的刘沛一脸紧张，问道：“你要去哪儿？”

刘沛笑着，给太太倒了一杯宋烟桥给的洋酒，也给自己倒了一杯，并且一口喝干了。他慢条斯理地塞好瓶盖，掏出刚才给舒婕看的手表和一张名片递给太太："不要拨它，记住，别拨。要是天黑我还没回来，老宋来了的话，你把手表和这个交给他。"

刘太太噙着泪点点头，说："知道了……我等你回来。"

刘沛摆摆手，消失在巷子里。

教堂外，横烟和岸谷还在蹲守。

刘沛一出现，便被几个日本特务盯上了。刘沛也不急躁，反而摸出香烟，走近特务，说："爷们儿，借个火。"

日本特务递给他一盒火柴，刘沛还了他一支烟，说："来根儿？"

特务笑着摆摆手拒绝了。

刘沛点燃香烟，跟特务闲扯了一会儿。日本特务见他只是来闲聊的，便不耐烦地走开了。刘沛扔掉烟头，镇定地走进教堂，一进门，便看见了假扮神父的横烟。

"神父，我有个问题。"

"什么问题？"

"人世间为何有罪恶和苦难？"

横烟一怔，不知道来者是何用意。

刘沛也不顾横烟，自言自语道："我想到了答案……因为我们和魔鬼同在！"

说时迟那时快，刘沛掏出手枪向横烟射击，横烟完全没有意料到刘沛的举动。

可老天似乎偏要开个玩笑，刘沛的第一发，竟然是臭弹。

这下横烟和岸谷反应过来了，立马开枪将刘沛打翻在地。鲜血从刘沛身上汩汩流出，横烟扑上去按住了刘沛的伤口：“回答问题，我让你活！你是谁？你的上级是谁？”

刘沛已经失去意识，只有嘴唇嚅动着，似乎在说着什么。

横烟把耳朵靠过去，命令道：“大点声，快说出来：我能救你！”

哪知刘沛突然跃起压住横烟，并死死掐住他的喉咙！一旁的岸谷看着不断挣扎的横烟，一枪托砸向了刘沛。

刘沛本就是回光返照，剩最后一口气了。遭到这下重击，他倒在横烟身上，顷刻间便死去了。

听到枪声，教堂内外早就乱作一团。

此刻，宋烟桥被助手大蹿儿拉着，来到了教堂门外。此刻，刘沛的尸体刚好被抬了出来。

大蹿儿一惊，叫道：“老宋……”

“别停，正常拐弯，离开这儿。”

大蹿儿的黄包车一直没有停下，宋烟桥克制着自己，不让自己再看刘沛一眼。

他一路来到刘沛的住所，刘太太欣喜地开了门，却发现来者不是刘沛。

“嫂子，把东西收拾一下，跟我走。”

刘太太摇摇头，噙着泪：“刘沛不回来，我哪儿也不去。”

宋烟桥心里一痛，想：“他……恐怕回不来了，他……牺牲了。”

宋烟桥不忍再看惊愕又痛苦的刘太太，只能轻声说道：“这里不安全了，车在楼下，立刻跟我走！”

车上，刘太太拿出手表和那张名片，告诉宋烟桥刘沛交代自己的事情。

宋烟桥问："这个女人你认识吗？"

刘太太摇摇头，说："这表，老刘只说了别拨，还留了张名片。"

宋烟桥拿起名片看了看，是英文的，内容是舒小姐的联系地址。

宋烟桥按照地址找到了舒婕家，敲了敲门，问："这是舒小姐家吗？我是大班洋行的，有些文件要抄写。"

"太晚了，明天来吧。"

"文件来得急，烦劳舒小姐帮个忙。"

过了一会儿，舒婕打开了门，打量了一下宋烟桥，并用余光扫视了四周的街道，说："进屋说。"

第二章 相 遇

进屋后，宋烟桥从公文包里掏出一沓全是英文的纸，递给舒婕：“这是底稿，真是急得要命了，我可以加钱。”

“你第一次找我吧？我好像没见过你。”

“我可早知道舒小姐。沈阳大归大，但能做英语抄写的也没几个。”

舒婕笑着说：“您稍坐，我估个价。”

说完，舒婕拿着文件走进了屋。

半晌，屋里的灯全灭了，子弹上膛的声音在黑暗里格外明显。

舒婕拿着顶上火的枪指着宋烟桥，说：“你不是洋行的。”

宋烟桥注意到舒婕拿枪的姿势十分标准，说：“你也不是抄写员。”

“……你是谁？”

“朋友。”

宋烟桥示意舒婕看自己左腕上的表，说："你应该认得它。"

舒婕的枪口对着宋烟桥，她举枪放在腰的一侧，脚尖和枪口的方向高度一致。这一切都被宋烟桥看在眼里。

舒婕认出了手表，于是收了枪，点燃了桌上的煤油灯："刘沛呢？"

"……牺牲了。"

"怎么可能？"舒婕一脸不可置信，"在哪儿牺牲的？怎么牺牲的？"

宋烟桥面无表情，说："先回答我的问题，你是谁？"

一番"审问"后，宋烟桥站起来跟舒婕握手，说："你叫我老宋就行。"

"对我的审讯结束了？我叫舒婕……我强烈要求组织，尽快营救老王同志！"

宋烟桥人已站在门口，高声说道："你开的价太离谱了。我不能接受。我再找别家吧，打扰。"

接着，他压低声音："不要再穿这身红裙子，太扎眼了。我能说句实话吗？舒小姐，如果地下工作者的满分是十分，你只能得半分。再见。"

宋烟桥反手关上门，留下一脸傲慢的舒婕。

门外，大蹿儿在等着老宋。宋烟桥摇摇头，说："钥匙落到日本人手里，没指望弄回来了。我有个备用方案，可以试一试。"

大蹿儿觉得，宋烟桥又要违反命令了。

可是，他愿意跟着宋烟桥出生入死。

沈阳“满铁”警察署走廊。

岸谷追着横烟，要向他报告颜红光的情况。

横烟表现得很不耐烦，在得知岸谷把有关颜红光的研究报告眷写了两份，还上交了总署后，他长叹一口气。

“你是不是精力过剩？瞧吧，你很快就要倒大霉了！”

走了两步，横烟又回头补充了一句：“很快！”

果然，在岸谷下班后，警署外停了一台黑色轿车。

穿着便装的石川少佐下车。

他冷漠地向岸谷走来，并且直勾勾地盯着他。

岸谷有些胆怯。

“岸谷雄一，你跟我来。”

“是！”

石川把岸谷让进了副驾驶座，岸谷隐隐约约觉得，后座坐了一个大人物，却不敢回头看。

“你，谈一下上个月的颜红光暗杀事件。”石川命令道。

“报告！那个案子……子弹偏斜角度很大……凶手枪法很准。就好比……在咱们警察署大门外，打一只房顶上散步的小猫……的尾巴！”

背后没有回应，岸谷不敢继续往下说了，只能在可怕的沉默中等候。

“你的报告，我已经看过了。”慵懒的声音从后座响起。

“啊？可我的报告才刚交上去，您就已经……”

一只戴了黑色皮手套的手从后面伸过来。

岸谷小心翼翼地握住了。

“我叫土肥原。”

岸谷傻了，下意识地缩了一下手，却被那只戴了黑色皮手套的大手一把握紧。

“岸谷雄一，你将有一份新的工作，成为我奉天特务机关的人，此事不准对任何人透露，包括你的老师横烟。”土肥原微笑地说。

“是！先生！”

岸谷极力克制着激动和喜悦。

沈阳莱斯勒酒吧内。

留声机转动，化了装的宋烟桥慢条斯理地走进酒吧，打量着目标人物——公子哥打扮的邵熠辉。他坐在贵宾卡座，和几个时髦女郎喝酒谈笑。

不多时，邵熠辉请宋烟桥一叙。

宋烟桥请他帮忙救出一个人，并在名片上写下“王振祥”三个字。

“你想办到什么份儿上？”

“引渡到少帅管的监狱。”

“戴红帽子的，少帅是一个不杀，一个不放。看这意思，这人的红帽子坐实了？”

宋烟桥沉默不语。

“这个人在你们那儿有多重要？”

宋烟桥还是没有回应。

邵熠辉轻蔑一笑，说：“别误会。我的意思是有些钱可以赚，有些钱……我犯不着。满洲要变天。要是说你非办不可，我可以想想办法。”

宋烟桥起身行礼，说：“告辞，祝您发财。”

还未走出几步，邵熠辉打了个响指，说：“昨天，有个女的来找过我，也要这个人。”

宋烟桥的脸色顿时变了，他想到了对王振祥格外上心的舒婕。

再回头时，他脸色已经镇定如初，说：“没错，我派她来的，怎么？她礼数不周冒犯邵爷您了？”

“没有，经常有杂七杂八的人托我办事。她那样的雏儿来找我，我是不当真的。你应该直接来。”

“的确如此，那件事就拜托您了。”

邵熠辉怪笑着，瞥了眼离去的宋烟桥。

离开了酒吧，宋烟桥带着大蹿儿，冒着雨径直见了舒婕。

对于舒婕擅自行动，险些破坏计划的行为，宋烟桥十分不满。

舒婕却依旧高傲，正准备跟他理论，大蹿儿几个喷嚏，打断了二人。

舒婕给大蹿儿烧了水，叫他洗完澡再走，大蹿儿对舒婕很感激。

水放好了，舒婕拉上了帘子：“衣服要不顺带给你洗一洗？”

大蹿儿声调立马提高了，说：“不！不用！衣服不要管！”

舒婕闻言上了心，说：“知道了。”

帘子里传来大蹿儿洗澡的水声，舒婕轻轻来到大蹿儿的衣物旁，摸他的衣兜。

莱斯勒酒吧内，邵熠辉受土肥原的要挟，打电话给宋烟桥，打算诱捕他。

宋烟桥识破了圈套，没有上当，可舒婕却打算赴约。

大蹿儿屋内，宋烟桥已经发现，用来营救王振祥的当票被舒婕调了包！他赶紧出门，叫大蹿儿去舒婕家，自己前往当铺，争取在舒婕落入圈套前拦住她。

可是，二人都晚了一步，舒婕已经取走了三万块，来到了赴约地点。

宋烟桥和大蹿儿在赴约地点的不远处焦急地等待着，时间过得很慢，就在二人肯定舒婕已经牺牲时，舒婕却踩着高跟鞋出现在二人面前。

原来，舒婕在踏入圈套前，记起了宋烟桥警告自己的话：

“无论如何，不要再跟邵熠辉联系！”

舒婕家里，宋烟桥情绪激动，他想到舒婕差点儿因为莽撞而牺牲，气就不打一处来！

舒婕低声认了错，宋烟桥却告诉她：“行动失败了，我要回去复命，你等更有能力的特派员来跟你合作吧。”

说着，宋烟桥扔给舒婕一盒绵羊油，转身便走。

舒婕立刻意识到，宋烟桥看到了自己磨得红肿的双脚，心里既愧疚又温暖，想到老王还在监狱，自己马上就要一个人战斗了，她忍不住追了出去。

“我错了，都是我不对，以后我一切都听你的！从现在起，你让我做什么我就做什么……”

可是，宋烟桥却加快了离开的脚步，舒婕一路跟跄，哭得上气不接下气，她攥着那盒绵羊油，一脸无助地跟着他们。

宋烟桥态度决绝，他登上了电车，看着一路追赶的舒婕，对一旁不落忍的大蹿儿说道：“我不想她牺牲……知道吗？”

公园内，宋烟桥和舒婕并排坐在长椅上，舒婕仍旧穿着那条大红裙子。

“没想到你这么快又找我了。”

“药膏好使吗？”

“嗯，谢谢。”

“你有一个朋友，叫孙髯，是‘满铁’警察署看守所的狱警，对吗？”

舒婕惊愕地看着宋烟桥，只觉得后脖颈子发凉，说：“他不是组织的人，是我的朋友。”

宋烟桥问她孙髯是否可靠，舒婕笃定地点点头。

面馆里，孙髯吃着冷面。舒婕笑盈盈地望着他。

“你真不吃？”

“不饿。”

“大妹子，你瘦了。说吧，这次要我办什么事儿？”

舒婕告诉他，这次很危险，需要听她的一个朋友指挥。

孙髯摇摇头，叫她不要相信任何人，但是他同意去见她的朋友。

舒婕大方地给了孙髯一个拥抱，这个拥抱让孙髯手足无措。

其实，舒婕何尝不明白，眼前这个男人，是喜欢她的。

警署里，宋烟桥按计划进了监狱。

孙髯向舒婕传达宋烟桥的命令，并告诉她："大后天夜里十一点半，你带上武器，到我家来。现在不要多问。联络信号是窗台上放一盆花。如果没有，就说明情况有变。"

舒婕抿嘴，说："这个方式太老套了，加一道保险。除了花盆，你拉开窗帘，开灯。"

孙髯咧嘴笑了，他走到门口，忽又停了下来，说："你是一个特别的姑娘，你让我看到了这个世界的美好。"

舒婕看到孙髯离去的背影，长舒了一口气。

牢房里，几个犯人正在伺候着老大侯啸天，宋烟桥早就打听过侯啸天，也将他作为自己营救计划的一部分。

侯啸天得知眼前的小伙子因为打了日本人而被捕，立刻将二当家的位置许给他，可宋烟桥却毫不在意。

侯啸天暗道给脸不要脸，冲身边犯人一使眼色，在澡堂里暴揍了宋烟桥一顿，就在宋烟桥快扛不住的时候，行为古怪的赵疯子过来救下了他。

被整得半死的宋烟桥被送到了医务室，医务室里，孙髯告知他，王振祥是被单独关押的，不能跟治安犯关在一起，宋烟桥打算想想别的办法。

一番探查，宋烟桥得知侯啸天在监狱里的特权，全凭他的一位绺子大哥"孝敬"横烟。而最近，他的这位大哥因抢劫死掉了。

面对横烟的威胁，宋烟桥决定利用侯啸天，完成自己的营救计划。而日本餐厅里，横烟的贪婪也引发岸谷的不满，岸谷第一次发觉，自己跟横烟原来不是一路人。

老宋利用侯啸天，顺利与老王碰了面，可他却得到了一个令自己颇为惊讶的情报：出卖联络站的，正是救了老宋的犯人——赵疯子。

第三章　交　锋

孙髯应宋烟桥的请求，替侯啸天给横烟汇钱，以保住侯啸天在监狱里的特权。

不料，却被对横烟贪污早有不满的岸谷悄悄盯上了。

岸谷按捺不住心中的愤慨，质问横烟为何接受孙髯的贿赂，没想到横烟却露出惊讶的神色。

夜晚，横烟悄悄来到孙髯家里，在地板下搜出了伪造的两张公差证明。

此时的孙髯，正在医务室给宋烟桥开奎宁。

横烟了解孙髯的身份，立刻打电话给岸谷，岸谷接了电话后，横烟只说了一句："立刻把孙髯抓起来！立刻！"

岸谷不明所以，但还是迅速逮捕了孙髯。

医务室里，孙髯包里的警服、奎宁都被搜了出来。

横烟意识到，多一身警服，可能是孙髯打算在医务室见什么人，于是叫岸谷小心盯好，而自己却带着孙髯，在他家里等候孙髯同伙的到来。

横烟仔细观察屋子，发现窗台下有一盆花，而孙髯一直很紧张地盯着那盆花。

横烟意味深长地笑了，把花捧起来，放到了窗台的显眼位置。

孙髯的脸立刻铁青，横烟笑得更开心了。

楼下，黄包车上的舒婕恰好看见了楼上的花盆。

此时，舒婕想到自己对孙髯说的话：……加一道保险。除了花盆，你拉开窗帘，开灯。

舒婕明白孙髯出事了，于是叫车夫别停下，继续走。

老坟山路，逃脱横烟追捕的舒婕与大蹿儿会面了。

“怎么搞的？他俩人呢？”大蹿儿心焦地问道。

“我也不知道具体发生了什么，孙髯家有敌人埋伏，老宋……”舒婕摇了摇头。

另一边，因自己注射疟疾病菌，而导致疟疾发作的宋烟桥被送到医务室。岸谷想到，孙髯开的奎宁便是治疗疟疾的特效药，于是拜托医生，一定要救活这个宋烟桥。

横烟搜寻无果，打算突审孙髯。孙髯却以要烟抽为名，把一根内含剧毒的香烟嚼碎咽下。蒙眬间，孙髯似乎看到了舒婕的脸，那么美。

“谢谢你，让我感受到这世界的美好，谢谢你……”

“你说什么？”日本警察疑惑地问道。

孙髯没有搭话，鲜血从嘴角流下。赶来的岸谷和横烟赶紧抠孙髯的喉咙，可是，孙髯已经牺牲了。

失去孙髯这条线索，横烟懊恼不已。

此时，岸谷的一番话给了横烟一丝希望，说："或许他觉得熬不过刑讯，便用死来保护要掩护的人。我猜测，他准备从医务室带走的人，就是……宋烟桥。"

横烟疲倦地摆摆手，承认了岸谷是个认真有为的年轻人："你把你的想法写成一份独立的报告，给上头送去……年轻人，还是乐观阳光一些好。去吧，等宋烟桥醒了，给他上刑。"

岸谷略带感激地看了一眼横烟，嘴上却说："如果他真是共产党，上刑有用吗？"

"永远不要高估人的意志力，'章鱼'是多久开的口？"

"十天，准确地说，是九天又二十小时十八分。"

"你瞧，这不就是了吗？"横岗带着一脸轻蔑。

审讯室里。

岸谷正在对醒过来的宋烟桥用刑。

第一轮水刑过去后，宋烟桥没有吭声。

横烟一脸不信邪的样子，说："水刑已经发明了很多年了，据同行的统计数据，56.4% 的人挨不过三轮就交代了，还有 42.6% 直到胀破了肺，也没交代。因为他们是真的什么都不知道，你懂我的意思吗？剩下那 1% 就是你这种。我不相信任何常人可以靠意志力过这关，你受过极其专业的水刑抗刑训练。这种训练，不是一般级别的特工课程。"

"你叽里咕噜说些什么，我完全不明白。警官，我跟你没仇吧？

不就是打了你们日本人的大官儿吗？我真不知道他是个大官儿啊！”宋烟桥一脸哀戚。

横烟冷笑一下，认为宋烟桥在装傻，他反手抓起宋烟桥的头发，道：“好好地活着不行吗？非要受这份罪？你图什么？说！你在共产党里什么职务？”

宋烟桥却一脸迷茫道：“咳咳，警官，你哪年生的？”

“什么？”横烟怀疑自己的耳朵出了问题。

宋烟桥解释道：“你属什么的？是不是属虎？怪不得，我属猴儿。咱俩命里犯冲！我真的啥都不知道！”

横烟办公室里，横烟与岸谷感慨着宋烟桥的顽抗。

期间，横烟与岸谷聊起了理想，聊起了家乡。

岸谷向自己的老师横烟隐瞒了与土肥原先生见面的事情，而对于横烟秘密处决宋烟桥的提议，岸谷也提出了相反的意见：

“一个间谍，要是不招供就被处死，那咱一点儿收获没有啊。不到万不得已，我觉得不用这么做。”

“那你怎么想？”

“宋烟桥现在还没痊愈。关着，治着病。等他病好了，扔回犯人里去。咱就关着他，总能搞出点什么来。”岸谷阴恻恻地说道。

舒婕家。

大蹿儿一脸沉郁地进了屋，舒婕却长出一口气：“我以为你也落到敌人手里了。”

大蹿儿默默道：“不会，我会自己了断。”

“你们男人都这么盲目自信吗？老王被捕前，一定也试过自杀，但他失败了。”

大蹿儿一脸疑惑：“你好像很了解他。”

舒婕却若有所思：“我了解男人都很自负。老宋有备用计划吗？”

大蹿儿摇摇头，说自己并不知道。

舒婕无奈，打算把老王和老宋救出来。

大蹿儿一脸惊讶：“舒婕，你该不会是开玩笑吧？”

舒婕有些激动：“我就是不能在这干等着！老宋是我的战友！王振祥是我的……革命导师。”

“……你迟疑的这一秒已经告诉我答案了，你们是恋人。”

“算是吧……你到底帮不帮我？”

大蹿儿摇摇头，告诉舒婕，那把钥匙是跟一个神秘组织联系用的，只有这个组织才有能力救出老宋和老王。

舒婕思索片刻，计上心来：“只要能和他们的人接上头，剩下的事儿我来解决。”

大蹿儿看着一脸狂热的舒婕，竟然有些恐惧：“年轻的姑娘，都是珍惜生命、热爱生活的，你很特别。”

“魔鬼当道，没人有资格麻木地活着，没有！”

“告诉我，你到底想怎么办？”

舒婕不语，只是淡淡一笑，打开手包，掏出一支大红色的口红，慢慢地描唇。

东北军军营外。

日军照例滋事，甚至对着东北军撒尿，以此来打赌他们会不会反抗。

东北军士兵血性得很，哪里忍得了这个，纷纷将子弹推上膛，端起步枪就要开。

“住手！”

穿着中校营长军服的冯超大步从军营走出来。

东北军士兵们一看到冯超，纷纷请愿道：

“营长！这他娘的太砢碜人了吧！”“这再忍就不是带把爷们儿！”“小日本就十几个人，干他们！”

冯超恶狠狠地盯着撒尿的日本士兵：“全体都有！”

东北军士兵们高呼一声：“喏！”

日军士兵吓得慌忙提上了裤子，准备迎战。

哪知，冯超却说：“向后……转！”

东北军和日军都怔住了。

过了一会儿，东北军士兵咬牙切齿地转过身去。

日军哈哈大笑着，继续对着东北军撒尿：

“东亚病夫！”“娘们儿！比咱大阪的小姑娘还娘们儿！”“这就是传说中的东北军吗？”

冯超也紧紧攥住了拳头，愤愤地返回了军营。

军营里，冯超气得摔了枪：“妈了个巴子！老子不干了！”

师长徐柱国立刻喝道：“军人可以摔脑袋，不能摔枪。拿起来，系好。”

“都他妈是爷们儿！日本人是人，咱中国人也是人！人都尿到咱头上了，屁都不放一个，还活着干吗？”

徐柱国沉着脸，说：“把你的枪拿起来！”

冯超不情愿地把武装带拾起来，狠狠系好。

徐柱国说道："少帅的意思是，东北早晚要打。但我们不要先开枪，不要给日本人开战的口实。你要记住，张大帅的时代已经过去了，我们现在挂的是青天白日旗。凡事要想得周全一些。"

看着冯超愤慨的面庞，徐柱国利落地把枪械组装起来，"啪啪"两下顶上火："别说了！我把话撂这儿，有一天真的开战了。我徐柱国冲在第一位，我的狼师没一个灰蛋。但是现在，都给我憋住了！传我命令，向关东军挑衅滋事者，立刻枪毙！"

西餐厅里，舒婕和大蹿儿按照接头方式，与东北军中校冯超取得了联系。但由于舒婕手上没有钥匙，冯超有些为难地要杀掉舒婕。

舒婕不说话，径直解开了衣服。

冯超赶紧拦住她，说："姑娘，你来这一手，也不行。"

舒婕解开衣服扣子。

"我爱的人现在就在日本人的沈阳监狱里，我不能眼睁睁看着他死。你要么帮助我，要么，"舒婕解开衣服，腰间缠着雷管，"三公斤，能把这里掀上天。"

徐柱国从屋内出来，说："小姐，威胁的话，你恐怕找错了人。"

舒婕却一脸无所谓："东北有句老话。横的怕拧的，拧的怕不要命的。"

徐柱国厉声喝道："冯超！"

冯超利落地将枪顶上火，舒婕也毫不犹豫地拉了导火索。

冯超大惊，扑倒了徐柱国，大喊："这娘们儿来真的！快卧倒！"

正当此时，一个身影破门而入，紧接着一团干冰把舒婕包围，问道："这就是你想的浑蛋办法？"

徐柱国和冯超看着舒婕和大蹿儿，不明所以。

突然，敲门声传来。

"开门！开门！"

原来是日本宪兵队。

徐柱国用日语说道："我是徐柱国。"

日本宪兵队队长却丝毫不买账："哦，是徐师长，例行检查，请您配合。"

宪兵们直接推门进房间，徐柱国衣衫不整，头发蓬乱，一脸不耐烦地说："到底什么事，兴师动众的？"

宪兵队长一脸轻蔑道："抱歉，徐师长，这不是您的军营，我们有权搜查全市任何一间旅馆，捉拿反日分子，里屋！"

宪兵们冲进里屋，舒婕正坐在梳妆台边梳头发，一脸惊慌失措。

宪兵队长打量着舒婕，又看看徐柱国衣衫不整，说："抱歉，打扰了徐师长的好事儿。不过，我还是得搜！"

片刻，宪兵搜寻无果，又敲开了对面的房间。

"这么嚣张？"舒婕说道。

"会更嚣张。"

"刚才，你完全可以把我这样的危险分子交给日本人。"

徐柱国摇摇头，说："没必要，你连亡命徒的劲儿都拿出来了，至少说明一点，你不是敌人。"

徐柱国递给她一张纸，让她把需要救援的人名写下来，说："宝贵的生命应该和敌人战斗。姑娘，你很有魄力，要是在我的师，可以当个连长。”

舒婕盯着徐柱国，接过笔，迅速在纸上写上名字：王振祥、宋烟桥、赵疯子……

徐柱国却告诉她，这些人里，他只能救一个。

舒婕犹豫了一会儿，在纸上画了一个圈。

大蹿儿问舒婕，谁是赵疯子。

舒婕说，是前同志，已经被开除了党籍。

大蹿儿又问舒婕刚才选了谁，舒婕痛苦地告诉大蹿儿，她选的人，是宋烟桥。

第四章 疑 云

“满铁”办事处大厅，铁路员丁康正在给办证的人盖戳。

舒婕的出现让丁康眼前一亮。

丁康饶有兴致地问了舒婕一些问题，让舒婕有些警觉和不耐烦，眼看巡查的“满铁”警察离自己越来越近，舒婕接过刚刚办好的证件快步离去。

丁康怅然若失，却发现舒婕的红围巾落在了窗台上。

丁康追上舒婕，把围巾还给她。

舒婕仔细打量了丁康的手，发现他的手很光滑，并不是一只握枪的手。

她接过围巾，向丁康道了谢。

大蹿儿跟舒婕走在街上，叫舒婕以后不要把随身物品忘到别处。

舒婕却意味深长地笑了。

监狱内，横烟以减刑为诱饵，让侯啸天替自己盯紧宋烟桥。

在将军办公室里，徐柱国将宋烟桥的引渡令夹到一摞需要签字的文件里递给将军。

将军签了引渡令，并告诉徐柱国，要忠于自己的国家。

监牢内，宋烟桥回想起自己看到的监牢平面图，问侯啸天想不想跟自己一起逃出去，侯啸天看着眼前这个古怪的男人，咬咬牙同意了。

锅炉房里，宋烟桥示意侯啸天动手，侯啸天把一缸水都浇在煤堆上，将潮湿的煤炭都铲了进去，合上炉膛，白色的烟顿时从缝隙里钻了出来。

狱警看见烟，走了过来问怎么回事。

宋烟桥说道："锅炉里面烧穿了，漏水。"同时拍胸脯保证，今天就能修好。

宋烟桥低声告诉侯啸天，叫他在吃饭的时候，挑衅一下二区、三区的犯人们，把日本人都引到饭堂，方便二人去锅炉房动手。

中午，宋烟桥将锅炉推倒，又拿撬棍把下水道格栅连着水泥掘起，二人顺着绳子向下爬去……

饭厅内，二区和三区的犯人声势惊天，喊道："侯啸天呢！不是他约了要打一架吗？滚回他娘肚子里去了？"

三言两语，二区和三区的犯人便跟侯啸天的手下干了起来。

狱警见犯人暴动，一边吹哨，一边往警署奔去！

此时的侯啸天，已经与宋烟桥一道，顺着绳子溜进了下水道。按照宋烟桥的记忆，二人顺着光亮来到了出口……

可映入眼帘的，却是新安上的铁栅栏。

"宋烟桥！你有谱没谱？"

“我进来之前踩过点儿，当时还没换上。快！我们得赶回去！”

岸谷和一队手持冲锋枪的警察赶到锅炉房外，里面毫无反应。

岸谷一把推开狱警，端起冲锋枪将一夹子弹全部打光。锅炉房大门门闩被彻底打烂。

他一脚踹开大门，带人冲入，可眼前的一幕却让众人惊呆了。

宋烟桥倒在地上，不省人事，而侯啸天却双手抱头蹲在地上：“警官！别打我！我是自己人！我要见横烟！姓宋的已经被我拿下了！我立功了！我立功了！”

原来，宋烟桥早看出日本人会收买侯啸天。

他知道日本人不会杀自己，但一定不会放过侯啸天，所以将铁棍给了侯啸天，叫他敲晕自己，向日本人复命。

审讯室里，一个戴着黑色头套的男人坐在椅子上，却不是宋烟桥。

横烟一脸轻蔑道：“章鱼，你凭什么觉得我们会放你出去？”

“沈阳特支的情况，该交代的我全告诉你们了。该死的该抓的也八九不离十了，还是那句话，我想立功，我不想一直关在这里。”

岸谷解开章鱼的头套——竟然是王振祥。

“你们不想找颜红光了？”王振祥阴郁地问。

“看来你很清楚，我们留你一条命是为什么。”岸谷轻蔑地回答。

“既然如此，咱谈个交易……”

王振祥向横烟和岸谷提议，来一次假逃脱，让自己跟“满洲省委”取得联系，继续给他们当内线，找到颜红光。

岸谷和横烟对视了一眼，彼此交换了一个隐晦的眼神。

轿车上，王振祥跟老K分坐横烟的两侧，横烟正在交代任务。

鸿记戏院门外，几个人正在布置颜红光的抓捕行动。

王振祥阴恻恻地擦着枪，一旁的老K阴阳怪气道：“你出来一天了，什么都没办成。”

“横烟怎么派了你这么个外行来配合我？我是领导，我被捕了，所有的联络方式当然都换了！”

“别嚷嚷，叛徒……投诚者先生，你忘了自己是谁？”

王振祥猛扑过去，把老K顶在墙上，他掐住老K的喉咙：“告诉你主子，我在给他办事！安插一条狗在我身边，只会把事情搅黄！”

王振祥阴狠地盯着已经翻白眼的老K，半晌，他松了手：“我知道横烟怕我反水，要你盯着我，那你就……执行命令！”

老K揉揉喉咙，说道：“那也请你用心点儿。我可以不讲话，但你要主动汇报，接下来怎么办？”

“等一个人，她看到报纸，就会找到我。”

这边，徐国柱的引渡令批下来了，可舒婕却意外发现了王振祥越狱的消息。

舒婕家，王振祥激动地抱住了舒婕，他告诉舒婕，自己诱骗日本人，在鸿记戏院门口诱捕颜红光，并在老K的帮助下趁机逃脱了。

舒婕看老K眼生，心生疑问。

王振祥告诉舒婕，老K是跟刘沛单线联系的。

舒婕难过地告诉王振祥，刘沛已经牺牲了。

王振祥让舒婕把自己被捕后的全部情况，仔细地说一遍。

屋内，舒婕、大蹿儿、王振祥和老 K 四人在打牌。

这是地下党交换情报的一种方式，四人一组，就算临时碰到审查，也容易寻找托词。

打牌期间，王振祥要求大蹿儿尽快联系上级，但被大蹿儿拒绝了，二人闹得很不愉快。

大蹿儿去圣彼得教堂见“满洲省委”的同志，王振祥要求一同前往，但被舒婕拒绝。

王振祥略显心痛道：“你不信任我？”

舒婕却微微一笑，告诉他自己是在保护他，并且愿意跟他一起熬过这段时光。

街边，王振祥把写着“满洲省委交联时间，今日，圣彼得教堂，具体时刻不明”的报纸，塞到了横烟的车里。

圣彼得教堂广场上，横烟正用望远镜观察四周。

钟楼上，一挺 6.5mm 大正十一式轻机枪架起，机枪手全神贯注，瞄准了教堂广场前的一个青年男子，他俯着身子，装作喂鸽子。

横烟下命令道：“注意那个喂鸽子的，等接头的人一来，直接射击，打小腿。千万别把人弄死了。”

“满铁”警察署，一份引渡宋烟桥、王振祥、赵疯子的引渡令放在办公桌上。

石川对岸谷说道：“上面有王振祥。可见他们还不知道王振祥已经向我们投诚，剩下这两个嘛……”

岸谷赶紧打断了石川，说：“宋烟桥不能交出去，他身上可能有颜红光的线索。”

石川阴恻恻地说："谁说要交出去了，这份引渡令，你从来没有见过，被遗漏了，明白吗？"

"抢时间差，秘密处决？杀了宋烟桥，可惜了……"

沈阳将军官邸接待室，徐国柱正在打电话："冯超那边情况怎么样？"

"我在警察局，您怎么确定日本人在捣鬼？"

"以前他们就玩过这种把戏，装作没收到引渡令。先杀人，再搞外交辞令，'满铁'警察署给回复了吗？"

"没有。"

"不能再等了！你立刻带着警察去西郊八里凹子，那里是日本宪兵队在沈阳的秘密刑场。千万别发生武力冲突！拖时间！尽可能拖！我去找将军！就这样！"

将军办公室里，徐国柱心情忐忑。

"宋烟桥是谁？"将军冷不丁地冒出一句话。

徐国柱浑身冷汗直冒。

"你忘了？上星期，你找我签文件，把一张引渡令夹在一沓文件里面，以为我没看见？我没老糊涂，但我还是签字了，回答我，他们是你的朋友吗？"

"是的。"

将军笔没有停，继续批阅文件："他们忠于谁？"

"忠于我们的国家！"徐柱国坚定地说。

一番沉默后，将军说道："我们的原则是，对于戴红帽子的人，一个不杀，一个不放。人是不可以放的，把他俩先引渡到咱们的地盘来。"

“明白！”徐柱国极力克制住心中的喜悦。

广场上，王振祥发现舒婕竟然跟大蹿儿一同接头。他发疯一样跑上城楼，用机枪压制住了日军，联络员举枪自杀，舒婕和大蹿儿逃脱了。

王振祥悄悄从城楼上滑了下来。

大街上，舒婕带着受伤的大蹿儿跑进市集。

横烟发现血迹，叫警察们继续追踪，并一路追踪进了一家猪肉铺。

“有没有看见一个受伤的中国女人？”横烟问道。

“女人？没有，这里只有猪。”

横烟意识到肉铺老板在嘲讽自己，于是愤怒地给了他一耳光。

警察用枪挑起帘子，但是里面只有一个超过二百斤的大胖子屠夫，面前一只死猪倒在一地血泊中。

“八嘎！”横烟大骂。

“八斤？吃得完吗？”

突然，一名日警跑进来，说：“报告！市集东面有人袭击我们。”

原来，是王振祥为了掩护舒婕而放的枪。

横烟带领日警离开了猪肉铺。

“出来吧。”肉铺老板笑着用手敲敲两只大木桶，大蹿儿和舒婕钻了出来。

原来，肉铺老板就是舒婕发展的外围！

秘密刑场上，岸谷不死心地问赵疯子谁是颜红光，赵疯子却告诉岸谷，颜红光就是他旁边的宋烟桥。

宪兵不耐烦地要打死二人，岸谷坚信宋烟桥就是颜红光，三番五次地阻挠行刑。

终于，赵疯子和宋烟桥的拖延计划生效。冯超带着人赶到了秘密刑场，带走了赵疯子和宋烟桥。

沈阳城内的小屋里，老 K 发现王振祥并不是真心给日本人当内奸，于是想杀掉王振祥。可一番挣扎后，却被王振祥反杀。

另一边，岸谷终于明白了，赵疯子和宋烟桥不过是使用了拖延战术。

岸谷愧悔地要写报告检讨。

石川摆了摆手，说：“少了宋烟桥不要紧，我们有王振祥。”

第五章　失　守

舒婕住处。

“日本人怎么会出现？”舒婕问道。

“我正要跟你说这事儿……”王振祥向舒婕靠过去。

“别动！把枪卸了！扔过来！”

王振祥把腰间手枪拿出来，扔了过去：“你还是不信任我。我一直觉得，就算全世界都怀疑我，我还有你。我错了，是吗？”

舒婕盯着王振祥：“和省委接头的时间地点，我只告诉过你，你怎么解释？”

王振祥一步上前，一只手猛地抓住舒婕的手，让她握住枪，把枪对准了自己的脑门：“开枪。”

“你为什么不解释？”

“看着我的眼睛……我爱的人，平白无故怀疑我的忠诚，我需要解释吗？老K是叛徒！我发现他和日本警察接触，本来打算把他抓来，但……”

王振祥的另一只手垂在下面，这只手慢慢向后，握住了靴子里那把小手枪，但舒婕正看着他的眼睛，并没有注意到。

“他逃走了？”舒婕问道。

“不，我把他杀了！当时，他掐住了我的喉咙……是我的疏忽，我不应该把消息告诉老K，我太信任他了。在监狱里发生了很多事，让我坚信他是一个忠诚坚强的战士。对不起，我疏忽了。我会打报告向组织检讨……是我的错，省委的同志牺牲了……”王振祥眼泪掉了下来。

舒婕被王振祥的眼泪唬住，不由自主握住了王振祥的手。

王振祥摸小手枪的手也悄悄放了下来，他知道，舒婕被自己哄住了。

另一方面，徐柱国将宋烟桥二人引渡成功的消息告知了舒婕，舒婕决定，等宋烟桥二人从沈阳第一监狱回来后，就给王振祥重新安排工作。

沈阳第一监狱内，宋烟桥和赵疯子正在观察院子，高墙、铁丝网、机枪岗楼。

“又琢磨越狱呢？这儿是正儿八经的监狱，不比日本人那小破看守所，甭做梦了。”赵疯子轻蔑道。

“你知道得还真多。”

看守员豁牙子过来宣布监狱守则，一边说话，嘴里一边漏风。

宋烟桥问道：“这位老哥，怎么称呼？”

豁牙子口齿不清道：“我姓霍。”

赵疯子一脸戏谑："你叫豁牙子，你爹叫豁嘴子！"

豁牙子一愣，怒道："你疯了吧！"

赵疯子一乐，说："对！疯了好几年了！"

豁牙子恶狠狠道："一会儿见了典狱长还能疯，就算你狠！"

典狱长石连峰歪戴着警帽，招呼几个警察将宋烟桥和赵疯子一顿猛揍。

宋烟桥护住头，不嚷嚷，也不反抗。

疯子却大声嘲讽道："哎哟，舒服！舒服！再使点儿劲儿！别跟挠痒痒似的，你娘生你时没吃饱吗！"

石连峰一把抓起赵疯子的头发，顺带拍拍他的脸："赵疯子！你疯得挺仙儿啊？在'满铁'监狱里还忒能折腾，能耐的啊！我这儿蹲过的大仙大神多了，你俩算根毛。听好了，在老子石阎王的地盘儿，把那点儿尿性收回腚眼儿里去！"

赵疯子一口带血的痰吐在石连峰的皮鞋上。

石连峰也不恼，他笑着突然拔起手枪，对着疯子的耳朵边儿就是一枪。

宋烟桥和赵疯子被枪声震得双耳发麻，捂住耳朵。

"刚才是杀威棒，接下来该干什么，自个儿咂摸着。"

宋烟桥不屑，说："一穷二白两条命，没钱孝敬你。"

赵疯子更是狂，说："老子给你烧点纸元宝，十斤够不够？"

石连峰看自己说一句，这俩人有十句等着自己，一点儿立威的意思也没有，于是将二人打发去了牢房。

办公室里，横烟正看着眼前的一箱钞票发愁。

岸谷笔直地站在横烟面前，不敢说话。

此时的岸谷，已经换上了一身警尉补制服。

“你真不错。这么快直升警尉补。旁人从巡查转正，再升巡查长，再到警尉补，那可是一条漫漫长路……”横烟挖苦道。

岸谷小心翼翼地说：“宋烟桥绝不能留，我已经建议上头，想办法除掉他们，以绝后患。”

“杀共产党，那是你该操的心吗？”横烟指着一大箱钱，“看看你干的好事！我还纳闷怎么可能有这么多奖金！闹了半天是给我们干掉共产党的经费！天哪！这种事史无前例，史无前例！你，就是个祸害！”

岸谷不明白。

横烟气哼哼地说：“现如今，我们跟张学良当局关系复杂，万一灭口时出了事情，锅不让你这个始作俑者背，难道要让特高课背吗？你说你这叫什么！”

岸谷终于明白了自己的处境，他怯生生地看着横烟，问：“那……接下来该怎么办……”

横烟冷笑道：“你自己惹的麻烦，自己看着办。”

岸谷立刻说道：“不行啊老师，您来沈阳来得早，要说办事，您各方关系都比我多。再说，如果事情办不成，特高课怪罪下来，咱俩一样的责任，您不能不帮我！”

横烟怒极反笑，写了张字条扔给岸谷，说：“拿上这张条子，去找这个人。”

莱斯勒酒吧内。

岸谷坐在邵熠辉对面，拿出一张写着宋烟桥和赵疯子名字的字条："这两个人，几天前刚被引渡到沈阳第一监狱，除掉他们。"

邵熠辉把玩着一只高级打火机，说："我喜欢油画，听说岸谷君也喜欢，刚得了一幅……"

岸谷表情略有不屑道："马奈的《吹笛少年》，你放心，画明日便送到府上。"

牢房里。

赵疯子似乎睡得很香，宋烟桥端详着赵疯子。

突然，一阵极轻的脚步声来到了牢房外。

"白天见人夜里鬼，来的是人还是鬼？"赵疯子眼睛都没睁。

原来，他并没有睡着，耳朵跟宋烟桥一样灵敏。

门开了，宋烟桥突然跳起来，勒住来人的脖子。

"别，放手，是我，我是老霍。"原来是豁牙子。

豁牙子说，自己也是个爱国的人，敬佩他俩敢跟恶势力做斗争，于是打算带他俩逃跑。

豁牙子将二人带到一间洗衣房前，拉开墙上的一扇窗户，说："快！进去！"

宋烟桥在赵疯子胳膊上敲了一段摩尔斯电码：留个心眼。

赵疯子也回了一段电码：留你的心眼。

洗衣房内，宋烟桥悄悄抄起一条裤子，在自己背后扭成条。

一个高瘦的人点上蜡烛，掏出短刀向宋烟桥砍来。另一边，其他三个杀手也扑向二人。

宋烟桥勒死一个杀手，拉着胳膊受伤的赵疯子逃出洗衣房。

刚出来，宋烟桥就将赵疯子按在地上。

墙上的探照灯照到了豁牙子和三个杀手。

哨兵看见手拿短刀和枪的三个人，立即开枪将四人打死在院中。

石连峰审问宋烟桥二人，却被二人奚落一番，气得他命令牢房，三天不许给二人吃饭。

沈阳将军办公室，少帅告诉徐国柱：沈阳要变天了。

1931 年 9 月 18 日夜，日军派特遣工兵在南满铁路柳条湖段制造爆炸，借此寻衅，诬陷东北政府侵犯铁路沿线，进而突然向沈阳北大营、沈阳城发动进攻。

徐柱国的狼师在与日军的激烈抗战中死伤殆尽。

徐柱国左胸口和下腹部血流如注，他撑着最后一口气，告诉冯超和剩下的东北军士兵：“咱是大老爷们儿，是中国人。不尿！答应我，只要还有一口气，就要打下去……打下去！”

冯超伏在奄奄一息的徐柱国身旁，骂道：“狗娘养的南京！不许抵抗！真他妈窝囊！老子不回关内，老子要打下去！”

徐柱国热泪盈眶，他望着火光冲天、硝烟弥漫的沈阳城，长叹：“少帅啊少帅！二十万人齐卸甲，竟无一个是男儿！”

徐柱国流着泪，圆睁着双眼牺牲了。

一位士兵要去合上徐柱国的眼睛。

冯超大喝一声：“别碰他！他想看着！看着我们收复山河！倭贼不除！他不闭眼！”

沈阳第一监狱广场，枪声，弹道飞过夜空划出一道道火光。

关东军中尉高声喊道："占领监狱！抵抗者杀无赦！"

石连峰正在办公室的小床上睡觉，鼾声阵阵。

"哥！哥！日本人来了！"狱警连滚带爬地给石连峰报信。

此时，办公室门被日军踹开，几名关东军士兵端着枪冲进办公室，举枪对准了石连峰："你，典狱长是吗？"

监狱里，两名关东军士兵押着石连峰，经过牢房走道。

被石连峰虐待过的犯人纷纷敲着栅栏起哄：

"哟！看哪，阎王爷也进来了！""孙子！你也有今天啊？""削他！让他横啊？"

关东军把石连峰扔进了宋烟桥和疯子的牢房里，赵疯子一把就掐住了石连峰的脖子。

在起哄声中，宋烟桥护住了他，问道："说吧，咋回事？日本人动手了？"

石连峰懊恼道："沈阳丢了。"

"监狱现在有多少兵？"

"关东军的一个中队接管了这儿。"

"军警分属两个系统。一时半会儿，警察署那帮家伙还不会来。"

"不，顶多后天，他们会把这里移交给'满铁'警察署。"

赵疯子打断宋烟桥和石连峰的对话，戏谑地嘲笑石连峰，说："小日本肯定爱你，把你一个人丢到犯人牢房里来。你楼里的宝贝姑娘们呢？平时拿着警棍不挺横的吗？"

石连峰骂骂咧咧道："老子放屁砸着脚后跟，点儿背！来来！弄死我！老子下去跟阎王接着掰腕子！"

宋烟桥不屑道："癞蛤蟆打哈欠，口气不小。你不说当亡国奴跟你没关系吗？如今下去之后阎王爷问你是不是中国人，你咋说？”

石连峰歪着头盯着宋烟桥，发出一阵冷笑。

沈阳大街上，横烟感慨自己的祖国，竟然一夜之间就占领了沈阳这座大城。而岸谷却关心谁接管了宋烟桥的监狱。

横烟看着跑步去找宪兵司令部的岸谷，心想这个岸谷真是个莫名其妙的家伙。

监狱里，石连峰向日本人叫嚣，让日本人把饭给自己端来。

关东军中尉像戏弄狗一样戏弄了石连峰，不但让他在众目睽睽之下给他跪下擦了靴子，还叫石连峰把屁股撅起来，趴在地上，像狗一样把馊掉的窝头吃光。

石连峰一一照做，赵疯子看不下去，却被宋烟桥拦住。

日本人走后，全监狱的人都在往石连峰的方向啐痰，骂道：

“真他娘丢人！”“阎王也肯当狗吗？”

石连峰沉默不语，回到自己的位置刚要坐下，却被赵疯子一脚踹开，“滚！”

石连峰一点傲气都没有了，只是阴沉着脸低着头，缩到牢房一角坐下了。

“现在还觉得当亡国奴跟自己没关系吗？”宋烟桥淡淡道。

石连峰没有搭话。

监狱外，关东军中队也乱了套，因为他们发现，这里竟然连一颗粮食都没有。

关东军中尉气急败坏，赶紧去牢房里找石连峰。

石连峰阴恻恻地笑了，说："监狱的口粮，是由沈阳城军需仓库配送的。三天一次。今天是配送日，应该早晨就送到了。"

"那粮食呢？"

"你们昨儿晚上不是打仗了吗？估计城里乱套了呗。"

"我的士兵饿了，你必须给我弄到粮食。"

"行，我得去打个电话，让他们用车送来。"石连峰爽快地答应了。

宋烟桥对石连峰使了个眼色，低声道："等粮食送来了，卸货的时候叫上我们俩。"

院子里，宋烟桥和赵疯子背着大米袋，互相交换了一个眼色，突然同时砸向身边的日本士兵。

石连峰袖手旁观道："你他娘的一直挤眉弄眼，到底想干啥？"

宋烟桥简单地解释道："明天日本警署就要接管监狱，我和他决不能落在日本警察手里，只有跑！"

石连峰不打算跑，宋烟桥无奈道："石阎王，狗有狗路，狼有狼道。你已经做了一次狗了，那是啥滋味，自个儿心里清楚。是接着做狗，还是跟咱做狼，选吧。"

石连峰看着宋烟桥和赵疯子的眼神，半晌一撸袖子，说："老子跟你们干！"

三人点燃了监狱，并抢了一辆卡车。

跑到半道，三人遇到一队被打散的警察。

警察们纷纷叫嚷着要逃命，石连峰仿佛看到了胆小的自己。

他血冲脑门，朝天开了两枪，喊道："穿警皮的瘪犊子们，老子——沈阳监狱典狱长石连峰，命令你们，跟我回城！想当逃兵的，今天就在这儿给你挖座坟！”

警察们都被镇住了。石连峰对宋烟桥一笑：“各奔东西了，你们滚吧！老子走了！”

回到沈阳监狱，石连峰两枪崩死了侮辱自己的关东军中尉。

可更多日军冲了进来。石连峰踉踉跄跄地回到自己的办公室，坐在椅子上。

几名日军冲到门口，一排枪指着石连峰。

“狗日的，不知道敲门吗？”石连峰举枪射击，却被日军乱枪打死。

岸谷得知宋烟桥和赵疯子已经越狱，不禁懊恼万分。

啤酒馆，大蹿儿发现宋烟桥留在报纸上的暗号：“我与疯子，已成功越狱。晚十点，城西郊外，夫子庙见。”

王振祥大惊失色，直呼不可能。但大蹿儿确定，这是只有他跟宋烟桥两人才知道的联络暗号。

王振祥装作思考，但心里已经焦虑万分，半晌，他决定反咬一口，说：“宋烟桥，他叛变了！”

没想到，这句话引来了大蹿儿和舒婕的怀疑。

王振祥赶忙改口：“对……我也不相信他会叛变。但是……我明白了。是赵疯子搞的鬼！我跟你们说过赵疯子是叛徒！日本人肯定利用了他，宋烟桥被叛徒骗了，被利用了！”

大蹿儿要去见宋烟桥，可王振祥却说这可能是个圈套。

舒婕摇摇头，说：“如果是圈套，送来的就不是这坛酒，而是日本宪兵了，嗯？”

王振祥沉默良久，说：“……好！我们去。”

小溪边，大蹿儿忍不住抱住宋烟桥，问：“出啥事儿了，为啥要用特级加密传信？”

原来，宋烟桥写的那句话是个双重含义的暗语，每个标点是一个隔断号，表达的是五个数字：四,五,三,四,四。

大蹿儿在报纸反面的新闻上，按照这个指示，找到了对应的汉字，拼凑起来：五，时，芒，溪，独（下午五点，芒溪见面，你单独来）。

大蹿儿告诉宋烟桥，说：“老王同志越狱出来以后，实际上在指导我们开展工作，你还别说，舒婕同志挺有眼光的，我要是个女同志，说不定也会稀罕他……”

宋烟桥恍然大悟，舒婕跟王振祥是恋人关系！

“……这下就全明白了，”宋烟桥一脸若有所思，“接着说吧，把我不知道的，都告诉我。”

第六章　叛　徒

晚上，王振祥、舒婕和大蹿儿向宋烟桥和赵疯子走来。

宋烟桥身边不远处，早就挖好了一个大坑。

王振祥热情地向宋烟桥奔来，握手，拥抱，战友之情溢于言表。

突然，王振祥变了脸，冷冷地看着赵疯子说：“老宋，我很愿意相信你，但你跟这个叛徒混在一起，就算你是上级派来的，我也不得不代表沈阳特支审查你。”

舒婕赶紧说：“老宋。我们都相信你是一时上了当。赵疯子，别再演戏了，你已经失败了。”

赵疯子不答，只是冷笑。

宋烟桥说，赵疯子也指认了王振祥是叛徒。

于是，二人当下开始对质。

对质期间，赵疯子无意间透露出刘沛死在南关教堂的事情，众人皆是一愣。

宋烟桥迅速举枪，对着赵疯子的左心口打去。

赵疯子用手捂住了心口，血从他的指缝里流出来，他踉跄一步，仰面跌进大坑里。

王振祥上前，看坑里的赵疯子——双目紧闭，胸口淌血，一动不动，死了。

“应该给他解释的机会。他污蔑我，我需要组织还我清白。”王振祥佯嗔道。

宋烟桥一笑。

舒婕为自己隐瞒与王振祥是恋人关系的事情，向宋烟桥道歉，却碰了一个硬钉子。

舒婕不禁感慨，面前这个男人，真是一点儿人情味也没有。

酒馆里，宋烟桥向大家透露，晚上颜红光会跟大家见面。

果不其然，王振祥将今晚会见颜红光的事情透露给了横烟。

横烟试探了王振祥一番，发现王振祥有异心，打算在事成之后干掉他。

巷子里，王振祥告诉舒婕有尾巴，舒婕惊愕，不明白这次行动是怎么暴露的。

王振祥干掉两个特务，带着舒婕走进一间民房。

他拿出一个装着证件和钱的皮箱，对舒婕要求，让她跟自己一起离开沈阳。

舒婕不解，问道：“为什么？”

王振祥不耐烦地说：“我们被宋烟桥出卖了！刚才两个日本特务，就是他让日本人派来的！”

舒婕思索片刻，摇了摇头。

虽然她很讨厌宋烟桥，但她不信宋烟桥会出卖组织。

王振祥跟她解释了很多，但舒婕始终不相信。王振祥一把抓住舒婕的手，舒婕后退一步。

“亲爱的！跟我走！”

“老王！你今天很奇怪。”

王振祥装作生气，坐了下来。他悄悄把手放在靴子里藏着的小手枪上，只要舒婕翻脸，他便会开枪杀掉舒婕。

“他当然奇怪了，因为他就是那个叛徒！”宋烟桥的声音悠悠地传来。

舒婕惊讶地看向门口，然后摸出枪，片刻犹豫后，对准了宋烟桥。

“舒婕！你还蒙在鼓里呀？”大蹿儿无奈道。

“不！大蹿儿！你被宋烟桥骗了。老赵不是叛徒！他才是！”舒婕对大蹿儿说道。

宋烟桥摇摇头：“王振祥，你还真是不见棺材不掉泪。地点和时间是你告的密，你在会升衣帽店偷偷见了日本警察横烟，对吧？”

王振祥神色自若：“编，栽赃，接着编啊！”

宋烟桥一脸戏谑道：“下午四点三十七分，我和大蹿儿亲眼看见你进去，十分钟后，横烟来了。日本人这会儿把盛京路十七号围得死死的，别装了。”

舒婕脑子乱成了一锅粥。

宋烟桥高声喊道：“请你见个人，头牌来接客啦！”

赵疯子从屋外进来，怒视着一脸震惊的王振祥。

原来，一切都是赵疯子跟宋烟桥设计的一场戏！

宋烟桥慢条斯理道："那天枪毙赵疯子的时候，他和你互相指证时所说的一切，都是我教他的。舒婕向徐柱国写的营救名单上有老赵。他俩是有联系的，只是通过书信暗语，没见过面。如果老赵真的叛变，舒婕应该暴露了，而她没有！我试探观察了很久，最终确定，老赵如果叛变，没有任何理由不出卖舒婕。那究竟是哪里出了问题？一定有我不知道的什么因素，干扰了判断。我曾经被困扰很久，无法确定谁是叛徒。你知道舒婕这条线，却没有供出她，所以我一直没有怀疑你，不过，在我知道你俩是恋人关系之后，判断出你可能是出于情感，没有出卖她。是这样吗？"

宋烟桥说得越慢，王振祥的脸色越苍白。

王振祥不再解释，说："舒婕，你躲到我身后去，他们会杀了你灭口的。"

"用不着，叛徒是不敢杀我的。"舒婕的枪口依旧对着宋烟桥。

宋烟桥继续说道："我在监狱里见过你，你却没有出卖我，这一点也曾困扰我。但当我开始怀疑你的时候，一切就不难想明白。你希望我能救你出去。而你，实际上是个双料叛徒。你出卖了党组织，又想要脱离日本人的控制。所以，你要一直在等，和日本人完成一个交易，足够让你得到所谓的自由。"

赵疯子不耐烦地吼道："王振祥，你该还债了！"

舒婕看向王振祥的眼神越来越挣扎，王振祥突然号叫起来，向宋烟桥开了枪。

可是大蹿儿抢先一步，将王振祥的枪打掉。

舒婕本能地将王振祥的手枪踢开。

在舒婕一番逼问下，王振祥终于承认自己叛变了党，说：“但我没有背叛你。一开始我也想坚持，死了就死了呗。在牢里最痛苦的日子里，我习惯了痛苦，但我不能想到你，一想到你，我觉得美好，就又害怕起来，怕死，死了就再也见不到你了。我投降是因为你！因为我爱你！”

宋烟桥不耐烦地掏了掏耳朵，淡淡道：“声音大，就能掩饰你的心虚了吗？你说你爱舒婕。那好，就在刚才，舒婕不跟你走，你会不会杀了她？”

王振祥面如死灰。

舒婕冷笑道：“他骗了我，你们也骗了我，什么省委开会，什么颜红光要来，什么联合行动……都是假的！你们都很聪明，都很职业，全世界最傻的就是我。我特可笑，对吧？”

宋烟桥摇摇头，说：“很傻，但不可笑。”

王振祥挣扎着，对舒婕伸出了手，说：“这真讽刺，舒婕……我只忠于你……”

舒婕凝视着眼前这个男人，半晌，她万念俱灰地摇了摇头。

王振祥掏出靴子中藏着的枪，竟然瞄准了舒婕，疯狂道：“一起下地狱吧！去死吧！”

舒婕万万没想到，王振祥会对自己动手。

她愣在那里毫无反应。

宋烟桥手起枪落，一颗子弹洞穿了王振祥的头颅。

宋烟桥冷冷道：“中央特科东北巡视组，对叛徒王振祥执行死刑。”

宋烟桥带着万念俱灰的舒婕藏到房间内，看舒婕躁郁的样子，宋烟桥明白，她这样是无法一起逃走的。

大蹿儿心烦意乱道："我们怎么办？"

宋烟桥笑道："别急，我给'老朋友'留了点礼物。"

岸谷和横烟在王振祥尸体处检查，却发现桌上有飞溅的血迹。

岸谷用手套沾了一点捻了捻，发现这竟然不是血迹，而是印泥。

横烟思索道："印泥……他们杀了王振祥……应该着急逃走。慌忙之中为什么会留下……"

岸谷突然说道："火车站……我们占领沈阳以后，车站仅对持有新发证件的人开放。宋烟桥刚越狱出来，来不及申请新证件。他们匆忙之中，伪造了假证件。不错，就是火车站！"

横烟迅速说道："解除这一带的封锁，全部警员去火车站！通知宪兵队协助！"

民居内，大蹿儿从窗帘缝儿处观察，问道："真奔火车站去了？"

宋烟桥一笑，说："沈阳刚打完仗，日本军警力量欠缺，他们不可能全城每条街都戒严。不这样把敌人引开，我们就出不了城东这个区……舒婕，你能走路了吗？"

舒婕缓缓站起来，没有说话。

宋烟桥看了舒婕一眼，说："那这样，她伪装成醉倒了，大蹿儿你背着。"

舒婕一摆手说："用不着。"

宋烟桥语气强硬道："两个小时内，步行穿过半个沈阳城。任何人都不能出状况。你现在这情绪，能做到万无一失吗？"

"应该能行。"

“能就是能，不能就是不能，别对我说不肯定的话，能做到万无一失吗？”

“一定能！”

赵疯子一脸不愿，问：“我不喜欢当老鼠东躲西藏，我们现在去哪儿？”

宋烟桥摇摇头，说：“就算是颜红光，该当老鼠的时候也得猫起来。你们听过一个词儿吗？灯下黑。”

四人来到沈阳市政厅对街的小屋内。

宋烟桥盯着胶卷出神，胶卷上，是一个女人的身影。

灯下的宋烟桥深情、温柔，与平时的他判若两人。

第二天，三人看见赵疯子留下的一张字条，说：“强欲登高去，无人送酒来。”

宋烟桥摇摇头：“从现在起，我们只有三个人一起行动了。”

沈阳火车站外，岸谷因连日办公支撑不住晕倒了，横烟赶紧让手下将岸谷送往医院。

另一边，宋烟桥和大蹿儿发现，心绪不宁的舒婕原来也发烧了。

宋烟桥拿出听诊器，得知舒婕患的是急性肺炎，必须马上送医院。而且，能治疗急性肺炎的医院，全沈阳只有关东军医院一家。

关东军医院的单人病房里，横烟给岸谷床边的花瓶里插了几枝菊花。

“老师，我到底得了什么病？我只记得……一下子就……不省人事了？”

横烟安慰道：“军医说，是急性神经功能紊乱。我觉得你就是太累，几天不睡觉，精神紧张用脑过度……总之躺一天，明早就能出院。”

岸谷忧郁地望着窗外烈日，为自己不能抓捕到宋烟桥而懊恼自责。

另一边，经过深度化装的舒婕与宋烟桥，成功潜入了日军医院。

宋烟桥将日本军医打晕，亲自给舒婕做透视。

出门散步的岸谷，见一名日本士兵步履蹒跚很是可怜，于是扶着他前往透视科拍片。

宋烟桥叫舒婕先走，自己去拿药，却迎面碰上扶着伤兵的岸谷。

“医生，打扰……”岸谷突然向宋烟桥发问。

原来，宋烟桥经过化装，又戴了口罩，岸谷并没有认出他。

“请问做透视是哪间？”

宋烟桥手指了指前面的屋子，用日语说道：“第五间，门上挂了牌子。”

岸谷扶着伤兵进入透视科，却发现屋内没有大夫，只有一台还在发烫的机器。

“医生？”

突然，岸谷观察到，大储物柜的一角，露出半截衣服料子……

他一个箭步上前，打开储物柜。里面是被堵了嘴，已经昏死过去的日本大夫。

他回忆起刚刚偶遇的宋烟桥，赶忙吹响了警哨。

匆忙间，岸谷发现桌上的处方单被撕掉一页，下面还有写字留下的印记。

“处方单……药库！”

药库里，宋烟桥听到了警哨，知道自己暴露了，于是匆忙拿起药品，脱下白大褂，快步离开了药库。

舒婕坐在一楼大厅焦急地等待着，正好看见冲进大厅的岸谷喊道：“看紧大门！抓一个戴眼镜穿白大褂的！他会说日语！”

舒婕悄悄把手枪上膛，冷静地等待着……

突然，舒婕看见了提着极为显眼的麻布袋子的宋烟桥，同时注意到宋烟桥的还有日本宪兵们。

“那边楼梯，一个戴眼镜穿白大褂的，他有枪！他有枪！就在那边！那边！”宋烟桥突然一指长廊。

宪兵和警察们下意识地往长廊奔去，宋烟桥拉着舒婕迅速逃出医院，钻进了大蹿儿的汽车……

第七章　出　关

日军医院门口。

岸谷对赶来的横烟说，他认为那个伪装成军医的男人就是宋烟桥。

横烟却摇头表示不可能。

正在这时，石川少佐来请岸谷汇报案情，并当着横烟的面，只要岸谷一人前去。

日式会馆房间内。

岸谷向土肥原提议，利用宋烟桥抓捕颜红光，土肥原看到岸谷对宋烟桥如此感兴趣，也不由得对宋烟桥这个人心生好奇。

小屋内，宋烟桥给舒婕喂了药，打了点滴。

舒婕内心感激，但还是感到迷茫。

屋外，大蹿儿啃着黑面包，吃着酸黄瓜，问宋烟桥以后有什么计划。

宋烟桥说，等舒婕病好了，就让舒婕离开。

可舒婕却突然情绪激动，告诉宋烟桥自己不愿离开。

宋烟桥看着怅然若失的舒婕，告诉她："多想想美好的生活，那才是我们战斗的理由呀。"

"满铁"警察署办公室。岸谷正对着一篇报道兴奋地笑着——反日暴徒颜红光，昨夜袭击"满洲"铁路哈尔滨段，造成关东军士兵重大伤亡。

一早，舒婕给宋烟桥和大蹿儿做了早餐。

宋烟桥告诉舒婕，希望她去天津，而自己和大蹿儿则北上哈尔滨，去寻找颜红光。

为此，舒婕要找到丁康，弄三张离开沈阳的火车票。

舒婕来到火车站，却发现丁康今天休假。

这时，她想到丁康对自己说过，他很喜欢钟楼下的大酱汤饭馆。

舒婕嘴角扬起一丝微笑。

大酱汤饭馆内。丁康正小口吃着大酱汤。

他出神地回想着自己跟舒婕邂逅的场景，脸上不禁露出甜蜜的笑容。

"丁康。"

一盘红烧草鱼被搁在丁康的餐桌上。

丁康看到鱼，又听见有人叫自己的名字，不由得抬起了头——

舒婕正站在他面前，似笑非笑地看着他。

丁康看见脑海中的人突然站在自己面前，不由得脸色通红，一口汤呛着，不停地咳嗽。

舒婕递过一张纸巾：“慢点儿吃。”

丁康怔怔地接过纸，强装镇定道：“真巧，你也来了。”

舒婕告诉丁康不是巧，是自己特意来找他帮忙的。

舒婕告诉他，自己和两个亲戚做生意亏了，是从俄国走私的布料，“满铁”已经盯上了他们，需要丁康帮自己和两个亲戚弄三张火车票。

丁康爽快地答应了，并和舒婕约定，今晚六点，在果树公园最大的那棵白桦树下碰面。

另一边，宋烟桥不放心舒婕自己去关内，于是打算带她一同去哈尔滨。

晚上，丁康来到白桦树下已经有些晚了，却没有看见舒婕，不由得有些失落。

“你迟到了。”舒婕从树丛后的阴影中走来。

丁康顿时露出惊喜的表情，但又极力克制住了。

丁康问舒婕还会不会回沈阳，舒婕告诉他很难说。

丁康犹豫地张了张口，说：“要是你去哈尔滨齐齐哈尔那边的话，帮我买一瓶哈士蟆油，家里有个亲戚，肺痨。这儿买不到北满的，听说那个效果很好。”

“没问题，我帮你买，”舒婕接过丁康的地址，“那么，再见，朋友。”

“再见。”

舒婕转身离去，丁康望着她的背影怅然若失。

突然，他发现舒婕的红围巾再次落在自己的自行车上。

他追上前去，却发现舒婕把字条撕碎扬在风里。

他心中一阵刺痛，蹲下来捡起，发现正是写着自己地址的字条。

火车站内，宋烟桥、大蹿儿和舒婕不禁焦头烂额。

先是民用列车被关东军征作军用，又是正碰上来抓治安犯的关东军。宋烟桥将铁路的电闸弄坏，但三人还是离搜查的警察越来越近。

眼看就要暴露，舒婕跳出来，要去通信室引开搜查的警察。

舒婕和大蹿儿劫持了通信兵，向日本总部发了一条信息：反日分子要炸毁 1583 次列车。

舒婕计划成功，关东军士兵立刻奉命喊话："请大家准备好车票，快速、有序上车，这趟列车可以发出。"

警察不由抗议道："长官？我犯人还没抓到呢！"

关东军军官立刻打断他说："紧急情况！你少在这里碍事！执行我的命令！发车最重要！"

三人终于上车。

警察厅内，岸谷意识到火车站的案子是宋烟桥的杰作，因为他也想到哈尔滨去寻找颜红光。

岸谷下令，火车上所有人都要在四平下车，并一一核查身份。

火车上，舒婕又想到了王振祥，懊恼地直摇头。

宋烟桥出言安慰她，舒婕突然问道："你告诉我，要是你也像他一样被捕了，你会叛变吗？"

宋烟桥如实回答："我不知道……也许我们不像自己以为的那样

了解自己。”

舒婕却坚定地说：“我绝不会叛变！死也不会！”

宋烟桥吃了一惊，看着充满愤怒的舒婕，心里有些震撼。

这时，列车要在四平接受审查的广播响彻车厢。

大蹿儿匆匆赶来，说：“日本人在搞名堂。”

宋烟桥镇定地说道：“别慌，听我的。”

四平火车站内，宋烟桥通过了警察的审查，却意外发现了前方的岸谷和石川，正从值班室内走来。

宋烟桥伪装成警察，与舒婕二人分头行动。

此时，岸谷搜查了全部的旅客，却并未发现宋烟桥的身影。

当岸谷意识到宋烟桥伪装成警察时，宋烟桥已经扬长而去了。

第八章　会　合

四平的一条窄巷里。

岸谷率领警察包围了落单的宋烟桥。

岸谷得意地拿出喇叭，喊道："别开枪，等我命令！宋烟桥！趴在地上双手抱头！"

宋烟桥突然掏出枪，一枪打向岸谷。

就在岸谷猝不及防、狼狈躲避时，宋烟桥一翻身钻入一间砖房。

岸谷立即带人围死了砖房。

砖房内，宋烟桥发现了一个锅炉。

这里没有窗户，角落有大量存煤，一把铁锹，他看到了锅炉压力安全阀门（带指针）及锅炉管道的送气阀门。

门外，枪托砸门的声音越来越大，宋烟桥不禁有汗珠滴落。

宋烟桥旋转带指针的压力安全阀，直到再也转不动。解除了安全保险后，他撸起袖子，抡圆胳膊，转动蒸汽输出管道的阀门，把它开到最大。

随着岸谷猫抓耗子的倒计时，宋烟桥正在玩命地抡着铲子，往锅炉里加煤。

月光下，烟囱里的黑烟顿时变浓，直升天空。

岸谷和警察们奇怪地看着烟囱——

“快躲开！”

岸谷的话音刚落，沉闷的轰隆声响彻夜空。

锅炉爆炸了。

巨大的内压转换为动能，锅炉变成了一颗超级大手雷，粉碎的铁皮和金属零件，如同手雷破片喷射……

岸谷和警察们被烟尘、碎砖、铁皮、管道残骸喷射袭击，当众人从地上爬起来的时候，几乎每个人身上都带了伤。

岸谷一脸黑灰地爬起来，两眼发直地看着已成废墟的锅炉房。

锅炉房内，岸谷发现了大量被炸碎的人体碎片，分不清哪个是宋烟桥的，哪个是警察的。

横烟办公室内。

岸谷正向横烟报告：“头盖骨和齿骨，是人体较坚硬的骨骼组织。我翻阅过近几年爆炸案卷宗，这种程度的爆炸，头盖骨和齿骨是可以保留下来的。也就是说，有一个人消失了。”

横烟根本不搭茬，对于岸谷想要弥补过失，继续追踪的要求，却予以打断。

“管他是死是活，你都给我记清楚，案子，本来就是办不完的！现在，我命令你立刻收拾东西，跟我出警！”横烟不耐烦地说。

“去干什么？”

“天大的事，市政厅长的爱女丢了！”

“他有女儿？”

“一只猫。”

“……啊？上次不是狗吗？……”

哈尔滨中央大街上。

女学生乔云正跟一群爱国学生游行，横幅上写着“抵制仇货，救亡图存”。

乔云高声喊道：“同胞们！父老乡亲们！国家兴亡，匹夫有责！上海反日协会已设临时监狱！严抓、严打、严禁仇货！我们要保护国货，让东洋鬼子从东北滚出去！”

五个男生，同时伸出手，用力把校服上的扣子扯掉。

东北的风很大，没了扣子的衣襟随风飘扬，少年意气风发。

“东洋制的校服扣子，我们再也不用了！”“再也不用了！”

一大把扣子被高高抛向蓝天，然后纷纷落下来，四处迸散在街道上。

小吃铺里，舒婕和大蹿儿看着学生们游行。

舒婕感慨道：“多好的青年们啊！抵制日货，他们干得漂亮！你没听到吗？现在都管日货叫仇货！血海深仇。”

大蹿儿却有些担忧道：“不是说抵制错了……这么蛮干，是会出事的啊……”

二人正说着，却瞥见报纸上的标题：“沈阳站制造重大恐慌的破坏分子，在四平死于锅炉房爆炸，满铁警方正全力追捕余犯。”

面对不知是真是假的消息，二人手足无措，心慌意乱。

大蹿儿决定，先在哈尔滨租下房子，潜伏下来。

俩人租了一个白俄老太太的房子，白俄老太太看舒婕年轻貌美，以为她是水性杨花之人，不愿意把房子租给她。

舒婕一把现大洋，直接让老太太闭了嘴。

乔云家。乔父乔母等着女儿吃饭，饭桌上，一家人其乐融融。

乔云看着对自己期待颇深的父母，不由得心事重重。

圣索菲亚教堂外，大蹿儿正在张贴寻人启事。

而沈阳横烟的办公室内，一张调令被放在了办公桌上。

原来，横烟被调职去了哈尔滨，而岸谷也早已经赴哈尔滨任职了。

舒婕告诉大蹿儿，现在宋烟桥还没有消息，她打算与哈尔滨的组织联系。

大街上，日本代表团的车经过。

冯硕英挤到拿小旗的汉奸们的最前面，高声呼喝道："欢迎皇军代表团！满洲统一万岁！"

深夜的街角，冯硕英和汉奸头子站在寒风里撸着烤猪皮串儿。

冯硕英谄媚地笑了，说："我呀，最爱吃的，就是这口烤猪皮。可惜这是个香嘴儿的货，手头又不富裕，十啊五的才能吃上一次。我就老有个愿望，什么时候，我也能混到成天吃猪皮的份儿上呢？多亏了皇军，多亏了哥哥你，我才有了这口福。"

汉奸头子给冯硕英发了两块大洋，说：“嘴比猪皮还香，今儿干得不错！皇军赏的！”

冯硕英收了大洋，掂了掂，似乎并不满意。

汉奸头子摆摆手道：“下礼拜还有几个代表团要来哈尔滨，到时候叫你！还指着你那好嗓子呢！”

“你知道，我嗓子为什么好吗？”

“为啥？”

汉奸头子话音刚落，冯硕英手里的铁签子就扎进了他的太阳穴。

“当年搞学运练的。”冯硕英蹲下，翻找汉奸头子的衣袋，把他身上的几块大洋和一块皮带扣子都装进自己口袋。

原来，冯硕英就是舒婕想要联系的组织。

出租房内，舒婕拿出一张字条递给大蹿儿。

“玛申卡，白手套，什么意思？”大蹿儿不解地问。

舒婕摇摇头道：“咱们这位同志，估计平时话也短。”

“这不胡整吗？他戴白手套，还是我们戴？还有，几点？哪天？”

“回来路上我打听过了。玛申卡酒吧是白俄人开的音乐酒馆，很有名，晚上九点开始营业。我们今晚就去，一次遇不到两次，两次没有三次，总能碰上。”

哈尔滨大和旅馆外，岸谷一行人接待横烟。

横烟看着在特务机关工作的岸谷，猜到他在沈阳的时候，就已经被土肥原招揽了。

岸谷一行人决定，在玛申卡酒吧为横烟接风。

玛申卡酒吧内，舒婕穿了一身洋装，戴着白手套，在卡座里发现了先到一步的大蹿儿。

舒婕点了一杯黑啤，留意着酒吧里每个人的手。

突然，她发现了走进酒吧的岸谷一行人，不由得悄悄褪下手上的白手套。

岸谷注意到貌美的舒婕，于是笑着跟舒婕拼了桌。

酒吧外，戴着白手套的冯硕英发现了警车，不由得褪下手套，走进酒吧。

他注意到了跟警察们坐在一起的大蹿儿和舒婕。

卡座里，岸谷听着音乐，不由得提到了宋烟桥，这让大蹿儿攥紧了拳头。

这一切都被岸谷和横烟看在眼里。

大蹿儿站起来要离开，却被岸谷拦下：

“我问你，半打啤酒，有多少个？”

“六个。”

“我们有几个人？”

“五个。”

“那第六杯谁喝呢，”岸谷幽幽地笑了，“多坐一会儿嘛！给个面子！”

横烟盯着大蹿儿道：“爷们儿，兜里是枪吧？”

大蹿儿说道：“哦，我是齐齐哈尔的警察，来哈尔滨跑公务。”

气氛顿时缓和。

岸谷笑了，说：“以后我们就要在哈尔滨长期工作了，很高兴认识你，我叫岸谷雄一。”

大蹿儿反应了一下：“我叫……王半丁。”

横烟阴冷一笑，说：“小兄弟，你这个口音不太像齐齐哈尔的，像关内的。”

大蹿儿点头：“对，母亲是关内人。”

岸谷问道：“齐齐哈尔，你们那儿局长现在是谁呀？”

大蹿儿想了想，说：“李作勋，李局长。”

岸谷笑里藏刀道：“他不是两年前的吗？现在的话，好像是刘云生刘局长吧？”

大蹿儿不说话了。

岸谷咄咄逼人道：“怎么，想不起来？”

大蹿儿一笑，说：“上头三天两头换人，谁知道呢，是就是吧。”

这时，大蹿儿已经明显扛不住了，于是在横烟视觉盲区给舒婕发“信号”：去厕所，掩护我。

舒婕拿着包，去卫生间补妆。

大蹿儿借口去上厕所。

岸谷看着嘈杂的酒吧，决定跟上去看一看。

卫生间外，舒婕的脸被网纱挡住，岸谷一瞥，只瞥见了一支圆头口红和舒婕涂了口红的红唇。

他略停了一下，去往男厕所寻找大蹿儿，却发现大蹿儿已经逃跑。

岸谷突然意识到，补妆的女人，正是让自己分心的关键！

当他匆忙出来时，舒婕已不见了踪影。

巷子里，逃出来的大蹿儿和舒婕不由得感叹冤家路窄。这一切，都被躲在暗处的冯硕英看在眼里。

大和旅馆内，横烟向岸谷抱怨，岸谷对自己开始不说敬语了。

岸谷讪讪地给横烟倒了一杯水，说：“老师，您包涵。”

横烟却摆摆手，从包里掏出一封信，说：“日本寄过来的，岸谷里惠子到东北来找你了。”

岸谷拿到信，脸色不对了，他立刻从胸前掏出钢笔，把“岸谷里惠子”的“岸谷”涂掉。

横烟有些不满，说：“工作的事你对我说谎，那是纪律，明明结了婚，有妻子，为什么骗我说没有？”

岸谷却坚定地说：“我不会承认这个妻子的。”

横烟觉得，岸谷是跟妻子闹了矛盾，也没有在意。

松花江滨公园，冯硕英与舒婕、大蹿儿顺利接上了头。

冯硕英告诉二人，哈尔滨现在没有新的领导人，而哈尔滨特支和联络点，也基本都被敌人发现了。

看着低落的舒婕和大蹿儿，冯硕英说道：“下个礼拜天是立冬，到时候来家里吃饺子吧。”

舒婕和大蹿儿对视一眼，有些奇怪。

冯硕英笑了笑，说：“工作没法开展，生活也得继续嘛。”

冯硕英住处。冯硕英正和一位地下党同志修电台。

他一边修理，一边问包饺子的舒婕，说：“咱吃啥馅儿饺子？”

舒婕笑道：“鲅鱼韭菜馅儿！我们沈阳爱这么吃。”

冯硕英目光闪烁，说：“鲅鱼是世界上最骄傲的鱼。秋天，成群的鲨鱼会在近海突袭它们。海面上一片一片的猩红，它们从深海冲来，离开水的瞬间就会死亡，而它们依旧顽强地游向岸边，为的是不入敌人之口！几乎所有鲅鱼都要进行这样悲壮的冲锋，浪漫！像极了我们。”

舒婕打趣道：“看来老冯同志，还是个文学青年。”

大家都笑了。

冯硕英问大蹿儿：“话说你们那位老宋同志，他是个什么样的人？”

大蹿儿不假思索地说道：“是个可以信赖的同志，是个忠诚的党员，是个勇敢的战士，是个真正的男人！”

冯硕英看着一脸崇拜的大蹿儿笑着摆摆手，说：“得了得了，我不问你了，我想听点干货。舒婕同志，在你看来，你们这位老宋同志，是个什么样的人？”

舒婕低头包饺子，半天没吭声。

良久，她把一个饺子用力捏合，说：“他啊，是个浑蛋。”

说完，她用套袖艰难地擦了擦眼角。

冯硕英见状，赶忙说道：“哦，我看出来了，舒婕同志，你对他有意思。”

大蹿儿立马否认道：“这是不可能的！绝不可能！都是革命友谊！”

冯硕英笑着说：“哎呀，我是过来人，都懂，都懂！”

他还想再说几句什么，却被老林打断了，说：“啧啧老冯，终于承认自己是过来人了？”

冯硕英似乎被戳到了什么痛处，立刻不说话了。

冯硕英住处外，一个便衣特务透过天窗，把屋里的一切都看进眼中。

大家正准备吃饺子，突然传来一阵敲门声。

冯硕英开门，发现一个便衣特务正冷笑着举枪对着他们。

众人都是一惊。

大蹿儿手里还攥着大勺。

就在此时，特务突然直挺挺地栽到屋里，背上还插着一把匕首。

“这里可能暴露了，不能再待！大蹿儿留下，其他人把电台装好带走，立刻撤离，分散隐蔽！”

门外正是宋烟桥。

面对突然出现的宋烟桥以及命令，大家都愣住了。

舒婕面无表情地走到宋烟桥面前，说：“你怎么没死？”

宋烟桥反问她，说：“你希望我死吗？”

舒婕盯着宋烟桥，没说话。

“去！给我盛碗饺子！”

第九章　萌　芽

宋烟桥带着大蹿儿和舒婕，与冯硕英分头撤离。

宋烟桥推着便衣特务的尸体，给二人讲述了自己逃脱的经过。

原来，宋烟桥在锅炉爆炸之时，借助煤层的保护，避免了爆炸的伤害。

果戈里大街，两个伪警察刚检查完几个扛大包的码头工人，转身向宋烟桥和大蹿儿走来。

宋烟桥立刻满脸堆笑地迎了上去，说：“老总！您辛苦！”

“证件！车上装的啥？”

大蹿儿面露难色。

宋烟桥打开一口麻袋，抓了把干枣递上去，说：“小营生，来，嚼裹儿。”

“买卖执照出示一下。”

大蹿儿立马递上去一根烟，说：“来根，马占山牌的。”

伪警察连连摆手，坚持要看执照。

宋烟桥伸手进衣服里摸，说："这年景讨个执照老折腾了，这疙说去那疙，那疙说回去找这疙……"

两个警察纷纷警惕地摸向手枪。

谁知，宋烟桥掏出的不是枪，而是几张哈大洋卷。

其中一个警察突然说："你闻到啥味儿了吗？"

另一个警察立马掀开了第二个麻袋，里面是有些发烂的花生。

"都烂哈喇了！黑良心啊你们。"警察捂着鼻子嚷嚷道。

"咱小买卖，鬼头蛤蟆眼。这是罚款，我认罚。一定补证，回头就补！"宋烟桥一边赔笑脸，一边又掏出两张哈大洋卷。

警察挥手放行。

大蹿儿看着臊眉耷眼的宋烟桥，有些纳闷。

"我心滴血，又没钱了。"宋烟桥叹了口气。

二人将尸体扔进河里，并且在裹尸体的白布上画上一个颜红光的标记，等着岸谷和横烟上钩。

江边，赶来调查的岸谷一行人看见颜红光的标记，双眼果然冒出了亮光。

出租房内，舒婕正在收拾行李。

"你们不走不行吗？"

宋烟桥指了指大蹿儿，说："不是你的问题，是他被岸谷记住样子了，会给你带来危险。"

舒婕抬起头，说："但你们总有需要我的时候吧？要我干什么都行。"

"每天下午五点，你去圣索菲亚大教堂外看寻人启事，二类暗号，这是我们之间唯一的联络方式。”

“要是我有紧急情况呢？火烧眉毛了呢？”

“那就离火远点，隐蔽自己，安全第一。”

舒婕压低声音，说：“你们不需要我，革命需要我。我要联系省委，向组织报告。冯硕英有电台……”

“绝不允许！电台每次开启都会给他带来危险！你不要自作主张。我不想板起脸来威胁批评女同志，你好自为之。”宋烟桥严肃地说。

舒婕看着宋烟桥冷漠的样子，觉得很受伤。

她不说话了，静静看着二人离开的身影。

宋烟桥屋里，大蹿儿提议跟鬼子真枪实弹地干。宋烟桥却摇了摇头，说：“任务，继续寻找颜红光，同时重建哈尔滨地下组织。”

大蹿儿嫌这样不刺激，宋烟桥告诉他，哈尔滨是间谍之城，这里没有浪漫的冒险，没有快意恩仇，没有热血街头，什么都没有，他们只有潜伏。

等待，是最大的意义。

玛申卡酒吧外，宋烟桥发现一个十五六岁的少年，他身手矫健，耳朵上夹着一根劣质卷烟，前面是一只装得半满的布袋子。

“多大了？小爷们儿？”

“爷们儿就爷们儿，啥叫小爷们儿？你，混哪疙的？”

“你看我像混哪疙的？”

少年一声冷笑，吹了个口哨。

顿时，胡同两头围过来六七个年龄相仿的少年。

“爷们儿我可是练过，百十人近不了我的身……”

领头的少年话音刚落没多久，一行人就被宋烟桥用各种古怪尴尬的姿势捆起来了。

少年开口求饶，说："官爷！真是瞎了我的白金狗眼。大爷们儿，您是大爷们儿，我是小小爷们儿。我劫恶济善，就那户，大汉奸。您给咱放了吧，蹲号子滋味儿贼膈应……"

"我不是穿皮的（警察）。"

"您看着像。"

"你再仔细看看。"

"你是……汪洋大盗，都偷过什么呀？"

宋烟桥一笑："一栋楼，一座城……一个国。"

少年们面面相觑。

宋烟桥说道："都是混街面，以后跟我干，有活儿我找你们。"

少年："那我得考虑考虑，和兄弟们商量下。对了，我叫小豆子，你叫什么？"

"罗宾。"

听到这个浪漫的名字，少年群里爆发出一阵欢呼。

哈尔滨小吃铺里，横烟告诉岸谷，四平爆炸案的鉴定结果已经出来了，宋烟桥确实还活着。

岸谷突然露出一个古怪的表情，说："我怀疑哈尔滨发生的这些事……对！您认为他会不会来哈尔滨？"

横烟困得直打哈欠，不愿理会岸谷。

哈尔滨田中建工株式会社楼外，舒婕驻足凝视，觉得甚为气派。

她思索片刻，拿出一张叠好的纸走进大楼。

舒婕屋内，发现她没去联络地点的宋烟桥拼好了舒婕撕掉的纸。

上面是一份简历。

田中建工株式会社的等待室内，屋里有三个女人等待面试。

“哪位是何芸小姐？请跟我来。”

“啊？我是。”舒婕右边的女子紧张地站起来。

左边补妆的女子瞟了一眼出去的何芸，说：“雏儿，素面朝天的，一看就没混过社会。”

说完，她向舒婕伸出三根手指头。

舒婕不明白。

“你这一身儿，老三岁，黄思聪。”

“哦，舒婕。”

黄思聪看着舒婕手里的眼镜，说：“小心机。”

“哪位是舒婕小姐？请跟我来。”便衣特务喊道。

“在这儿。”舒婕起身跟出去。

“舒婕。”

舒婕疑惑地回头，黄思聪冲她眨眨眼，说：“迷倒他们。”

原来面试官是土肥原，但舒婕并不认识他。

舒婕被土肥原盯得冒汗。

“冰城还没下雪，我都快结冰了。”土肥原和蔼地开了口。

“那您该裹严实点儿。”

“老毛病了，呼吸道不是很好。”

“我的健康情况挺好的，干文职工作，一般不会生病。近几年我也没有结婚的打算，不用休产假，另外，我……”

“别担心，别担心，你们年轻人总是容易急躁，喝茶还是咖啡？”

“我喜欢波旁咖啡。”

“哦，那是极好的。花得多，才需要赚得多嘛，给舒婕小姐来杯波旁咖啡……你有点……与众不同。”

舒婕和土肥原对视，心中突突，表面上报以礼貌的微笑。

“良好的心理素质，情绪稳定，思维敏捷……这一切都说明……”

舒婕更紧张了，依旧不说话。

女秘书端着咖啡进来，递给舒婕。

“谢谢，”舒婕喝了一口，“说明什么，先生？”

“你是一个不错的职业女性。”

舒婕松了口气，说：“事实上，我都是装出来的。”

“哦？说说看。”

“工作不好找，东家难伺候，都喜欢招没有经验的新人，他们听话又便宜，像我这种干过几年的，要的价高，没少吃闭门羹。我一进来您就故意不说话，看我的反应，这令我很紧张。”

“但你克制住了。”

“再被拒绝，我下个月就得睡大街了。您不说话，我也干脆不说话。抱歉，我并没有跟你斗心眼子的意思，实在是……生活不易。”

土肥原和善地笑了，舒婕看着他的笑容，心里更加发毛。

“薪水少一点，并非活不下去不是吗？”

“大手大脚惯了，让我过下九流的日子，买个菜还讨价还价，我不喜欢。”

“你很真实，姑娘。先回刚才的房间等着吧。”

“您对我满意吗？”

“你看你又急躁了，去吧。”

女秘书带着舒婕正要离开，土肥原却突然叫住她，说：“等等。”

舒婕紧张地停下脚步。

“眼镜摘下来。”

舒婕转身，摘下眼镜。

“你平时是不戴眼镜的，你根本不近视。”

“……您说得对。”

“不用故意把自己弄难看，并不是每个老男人都对年轻女孩子……你明白吧？再见。”

舒婕终于松了口气。

哈尔滨小吃铺里，小豆子正狼吞虎咽地吃着丰盛的俄式小吃。

“哥，最近十五天的报纸，兄弟们弄齐贼费劲了。”

宋烟桥专心地看着报纸，心想：简历的要点……初步掌握英语、日语，一年及以上抄写员或打字员工作经验，常住哈尔滨……无任何政治背景……招聘很正式，不是底层工人。报纸上应该能找到广告才对。

宋烟桥筛出来三张，判断着，半晌，他的目光聚焦在“田中建工株式会社”的招聘广告上，突然变了脸色。

舒婕惴惴不安地下了楼梯，却迎面碰上处理公务的岸谷。

岸谷注意到，舒婕似乎是酒吧里那个补妆的女子。

舒婕打算离去，却被岸谷叫住，说：“舒婕小姐，你去哪里？”

舒婕露出一个镇定而疑惑的笑容，说：“我们认识吗？你怎么知道我的名字？”

“你可能会被录用的，怎么要走呢？”

舒婕怕走了之后会被怀疑，于是笑着说：“我想了一下，薪水还是少了些，我去别家碰碰运气。”

“钱可以谈的，跟我谈就可以了。”

舒婕只好硬着头皮，跟着岸谷走了回去。

两人来到一个空旷的房间，岸谷说道：“事实上，我不是这里的职员，我是警察。”

舒婕一下子站起来，就像一个平民该有的反应，说：“我走了。”

“有一桩大案，需要找你了解一下情况，请你配合。”

“我非要走，你会怎么样？我讨厌警察。”

“一个守法本分的姑娘，是愿意得罪一名勤奋工作的警察呢？还是开开心心帮他点儿忙交个朋友？相信我，在这个乱糟糟的城市，你不会后悔交我这个朋友。”

半晌，舒婕坐下，说：“你刚才吓到我了，问吧，我尽量帮你。”

“你去过玛申卡酒吧吗？”

“我经常去各种酒吧。”

“你的简历上说，你以前在沈阳，也做过抄写员，你一个月挣多少钱？”

“那得看生意好不好，多的时候七八十块，少的时候五六十块。”

“怎么突然想到来哈尔滨了呢？”

“警官先生，沈阳打仗了我干吗要待下去，换成是你，你想待在那儿吗？我看你不是了解情况，你是审犯人呢吧？我要走了，再见。”

“坐下！每月七八十块的收入却付得起一百二十块的房租。沈阳刚打仗那天晚上你在哪里？在做什么？这么大的事你不会说你不记得了吧？”岸谷提高了嗓门，快速问道。

“在家里睡觉。”

“一直睡到天亮？”

“当然不是，我被吵醒了。街上乱糟糟的，整个沈阳成了一锅粥。我不敢出门，就在家里待着。”

“你住中华路三十七号吗？”

“是的，你到底想知道什么？”

“你在中华路三十七号睡觉的那个晚上，中华路三十七号和旁边的三十六号被炮火夷为平地了！”

舒婕顿时面如死灰。

“把你的口红拿出来。”岸谷命令道。

舒婕掏出了口红，递给岸谷，岸谷旋开盖子——口红的切面被用成了圆形。

“舒婕小姐，人一辈子会去很多地方，做很多选择。很遗憾你来错了地方，做了错误的选择。我可能要和你告别了，这不会是漫长的告别。会很短，很快。”岸谷边说，边掏出了手枪。

舒婕听到了拉枪栓的声音，她很清楚，接下来要发生的一切。

“真遗憾。”岸谷说道。

突然，舒婕转过了身，看着岸谷。

岸谷等待一个属于女间谍该有的反应。

哪知道舒婕吓得尖叫起来！起身就往外跑，极其狼狈。

岸谷被吓了一跳，两步追上去，拽住了她，摁在墙上，捂住了她的嘴。

“安静！安静……嘘！”

舒婕挣扎，还要叫。

岸谷赶紧说道：“我吓唬你的，姑娘，我是吓你的，我枪里没子弹，冷静点儿，我给你看，好不好？我松手了啊，别喊。”

舒婕惊魂未定，怯怯地点头。

岸谷把枪掏出来，当着舒婕的面卸下弹夹，又拉开枪栓——果然是空的。

“我……我哪知道你是不是骗我，你至于嘛……”

“真的没子弹。”

舒婕慢慢相信了，恐惧退去之后，她又羞又怒，狠狠地给了岸谷一个耳光。

岸谷反而笑了，说：“要是您能给我一个合理的解释，为什么要编那些谎话。我就当刚才这一耳光没有发生过，不然……这枪里会有子弹的。”

“我不能告诉你。”

“必须说！”

舒婕挣扎，剧烈的思想斗争之后，看上去像是屈服了，说：“要是我不讲真话，你就会把我当成嫌疑犯是吗？”

舒婕又犹豫片刻，说：“我跟一个老男人好了，他有老婆和女儿，他女儿……只比我小一岁……”

舒婕低下头，语速越来越快：“他老婆发现了，跟他闹，他要抛弃妻女带我走。我不能再往下陷了。我的房子是他付钱租的，我的花销都是他给的，沈阳打仗那天我不在家，我和他在旅馆里！我离开沈阳是要摆脱他的纠缠，你现在满意了吗？”

岸谷沉默，显然没想到是这种答案，他深深一鞠躬，说：“对于刚才发生的事，我深表歉意。您在证明了自己清白的同时，也赢得了我的信任，要是可能……”

“你疯了吗？你觉得我们还能成为朋友？”舒婕摔门而去。

舒婕屋内，宋烟桥明知她要去土肥原眼皮子底下上班，却没有制止，而是打算好好指导舒婕。

原来，宋烟桥知道让她走是没用的，只能送走她。

舒婕被宋烟桥送走后，宋烟桥心烦意乱地翻着舒婕的资料，才发现舒婕两岁就被亲生父母卖掉，之后便一直被大家抛弃。

这个世界上，并没有舒婕的家。

白桦林里，宋烟桥追上了舒婕，他告诉舒婕，自己再也不会抛弃她。

第十章 设 伏

离舒婕正式上班还有 17 个小时，宋烟桥正在教舒婕各种技能。

另一边，岸谷正向黄思聪打听舒婕的情况。

舒婕上班后，黄思聪向她透露岸谷对她有意思的事情，并告诉舒婕，岸谷可能是秘密警察。

阳光透过了窗子，坐在桌前工作的舒婕，正旁若无人地把一头长发撩到脑后，用发带束起，岸谷忽觉得有些眩晕，他定了定神，连忙走了。

近郊公路外，升了官的岸谷正在调查车匪路霸“铃铛队”袭击日军辎重队的案件。

一辆警车开来，横烟对岸谷招招手，说：“看看几点了，忙工作，说好今天接太太也忘了？”

岸谷面露不悦，但还是上了车。

车上，端庄的里惠子对岸谷雄一充满崇敬，也对未来的生活充满期待，而岸谷则心不在焉地看着车窗外。

突然，他看见了骑着自行车的舒婕，旁边跟着一辆拖着她行李的三轮车。

路边，三名警察正在殴打一个老汉，老汉倒在一旁，浑身是伤地护住撒了一地的大米。

舒婕忍住了，继续往前骑。

“敢买大米吃？老不死的中国人！”

听到“中国人”，舒婕愤怒了。

“停车！”舒婕对三轮车说道。

“都住手！”

警察们被她的气势惊到了，打量她。舒婕旁若无人地扶起老汉。

老汉呜咽道：“作孽啊！祖宗们在这疙活了几百年了，吃自己种的大米，还要挨打。”

警察叫老汉滚开。

舒婕立马回道：“闭嘴，你是不是中国人？”

警察语塞。

舒婕对老汉说：“在满洲国，中国人吃大米是犯法的，以后不要买了。”

老汉诧异，三个警察也怔住了。

警察看到软下来的舒婕，立马说道：“你！证件！”

舒婕递上田中建工株式会社的证件：“老人家年纪大了，不懂法，能不能从轻处罚？”

警察一看舒婕只是个打字员，不由得气焰嚣张，说：“打字员？你个打字员管得挺宽，一起铐了！”

话音刚落，岸谷出现在警察身后，搭他肩膀。

“谁他妈……”他突然看见岸谷的警衔，立正敬礼，“长官好！这个女人……”

“我都看到了，她说得对，这个老头儿不懂法。我们满洲国是王道乐土，五族和谐，以宽容治民。这样，你把老头儿带回警察厅，交给思想组教育一下。”

三个警察提溜着老汉离开。

车中，里惠子望着舒婕，满是欣赏的眼神。

三轮车的搬家工人不干了，说：“小姐，钱还你，这活儿我不干了，我不想惹麻烦。”

舒婕立马说道：“跟你有啥关系？哪有活儿干了一半推的，你给我半道撂了，我咋整？”

“搬家吧？上我的车，后备厢是空的。”岸谷建议道。

“哪好麻烦你呀，谢谢你没再把我当嫌犯抓了。”舒婕赶紧说。

“朋友之间帮忙，应该的。”

“打住啊，咱什么时候成朋友了？”舒婕撇清关系道。

岸谷笑了，说：“人与人之间的误会，也是十分重要的羁绊啊。上车吧，朋友。”

舒婕来到新住处，发现竟与岸谷是邻居。

横烟让舒婕先跟岸谷去喝茶，舒婕明白，横烟是想在她家里安置监控自己的东西。

但她不动声色，跟岸谷和里惠子有说有笑地喝茶去了。

不多时，横烟说，舒婕家里的下水道堵了，叫岸谷去帮忙。

二人来到另一个房间，开始窃听舒婕和里惠子的谈话。

可是，舒婕只跟里惠子聊了聊日本的美食与风光。

岸谷和横烟没听出什么破绽，舒婕却看出里惠子跟岸谷并非普通夫妻。

舒婕跟宋烟桥如实汇报了一切，并告诉宋烟桥，自己发现了监听器。

宋烟桥紧张地问："你动它了吗？"

舒婕摇摇头。

宋烟桥赞许道："很好，不要让任何人知道你发现了这些东西。"

宋烟桥告诉舒婕，多跟黄思聪学学，做一个摩登女郎该做的事情，多泡酒吧，多跳舞，才能不引起特务的怀疑。

沈阳，丁康正一边写日记，一边抚摸着舒婕的红围巾。

他拿出一架老式的苏联手风琴，弹了一首忧伤的《白槐》。

突然，门外传来了敲门声，原来是有丁康的包裹。

他疑惑地接过包裹，地址是空的，寄件人姓名栏只有三个字：谢曾朋。

丁康纳闷，谢曾朋到底是谁？

他拆开包裹，里面是一瓶哈士蟆油。

丁康早就没有任何亲人了，他当初跟舒婕如此说，只是不想断了和舒婕的联系。

他凝视着这个签名喃喃道："谢曾朋，谢曾朋……她为什么要用这个名字。谢……谢谢……曾经的，朋友！"

丁康惊喜万分，脸上浮现出微笑。

他把包裹上的签名贴在自己的脸上，闭上眼，似乎能感觉到写字人的体温。

半晌，丁康睁开眼，看了看桌上的红围巾，做了一个决定。

哈尔滨大街上，丁康背着琴，提着皮箱，怅然若失。

他去问了邮局，却没有得到一点有用的信息。

什么时候，你会想我，如我这般想你……

丁康站立良久，突然想到了什么，他拦住一个路人，问道："麻烦大兄弟，请问一下，报馆怎么走？"

岸谷家里，舒婕跟里惠子正吃着油条豆浆。

舒婕吃着油条，翻着报纸。突然，报纸角落一则失物招领映入她的眼帘：

失物招领，现拾到一条女士羊毛围巾，大红色，二尺二，无花案。请失主速来认领，吾于江滨公园白桦树下等待。

落款是，谢曾朋。

舒婕盯着这则启事看了良久，微微吃惊。

"怎么了？"里惠子问道。

"油腻着嗓子了。"

咖啡馆里，舒婕对宋烟桥提议，自己要发展丁康。

宋烟桥拒绝，在舒婕一番游说下，他答应试探一下丁康。

公园里，丁康从睡梦中醒来——宋烟桥推着自行车，凶神恶煞地站在他面前:“你，证件拿来!”

丁康老实巴交地递上自己的证件。

宋烟桥冷不防地问道:“她是你什么人?”

丁康疑惑:“谁?”

“围巾的主人。”

“您想干什么?”

“我们已经掌握了情况，她在奉天犯了事情，逃到哈尔滨来的。”

丁康吓得后退了两步，说:“我……我什么都不知道。”

丁康说着，转身想要跑，结果被宋烟桥一把抓住，说:“围巾给我!”

丁康把围巾抓得更紧，说:“别抓她!她是好人!”

宋烟桥不屑地叫他配合。

丁康却挣扎地喊着:“不会给你的!”

宋烟桥诱哄道:“她犯的事跟你没关系，小伙子，别害自己。”

丁康死死拽着围巾不撒手，说:“我不认识你，别的也不知道!你给我!”

宋烟桥掏出枪，顶丁康下巴上了，说:“那可就对不住了!”

丁康吓得快哭了，浑身颤抖几乎瘫倒，但他横了心，坚持说自己跟舒婕是普通朋友，旁的什么都不知道。

舒婕出现，谢谢丁康没有出卖自己。

丁康看见舒婕，猜到了舒婕的身份，请求加入他们一起抗日。

宋烟桥还是对丁康不放心。

舒婕说:“他关键时刻顶得住，能守秘密。”

“为信念保守秘密，跟为了喜欢的女人保守秘密，能一样吗?”

宋烟桥冷冷道。

酒吧里，岸谷注意到了丁康。

他请丁康喝酒，故意把他灌醉，想打听舒婕的情况。

丁康按照舒婕的吩咐，成功将岸谷唬住。

另一边，岸谷回到家，监听舒婕的一举一动。

里惠子问他，是不是还在埋怨她的父亲，因为她的父亲就是共产党员。

岸谷突然发狂，里惠子缄默，不再提及。

第二日，岸谷在办公室里接到土肥原的电话，发现颜红光又开始行动了。

二人在地图上划定范围，发现自己人里有内奸。

岸谷向土肥原保证，自己一定会抓到颜红光。

舒婕办公室里，黄思聪神秘地告诉她，自己在酒吧里听秘密警察们说，岸谷要有秘密行动。

舒婕上了心。街上，舒婕将夹着情报的纸币，交给兜售走私俄货的小豆子，再由小豆子交给来买货的大蹿儿。

车上，岸谷正打算追查颜红光的消息，却看见横烟向自己走来。

岸谷得知，横烟是主动申请的这次任务后，不由得有些激动，说："噢！老师！咳，我早就知道，您是我的老师，我们应该想的一样，颜红光这样的大鱼，能抓到他将是一件莫大的功劳。"

谁知，横烟只是为了土肥原两万元的悬赏，这让岸谷对横烟很是失望。

森林警察处，岸谷和横烟问了一圈一无所获。

横烟恼怒道：“这些中国人，猪猡都不如！森林警察，我问了一个多小时，他们的回答像巡逻一样，一圈又一圈，没一句有用的！你说他就不能偷袭个皇军据点啥的，我真不喜欢和中国人打交道！”

岸谷听完眼睛一亮，说：“颜红光这一次袭击的全是中国人……这几次袭击，颜红光只袭击了森林警察，而且丢失的物品都是短枪和制服……这说明……”

“颜红光带的是一支小队伍。”横烟说道。

“很小，而且他们需要森林警察的警尉制服。”岸谷补充道。

岸谷推算出，颜红光的小队伍只能在一天行程之内的范围内活动。

横烟看着把范围缩小的岸谷，说道：“好，那你说说，一天行程范围内的这六个点，两座铁矿，一个森林伐木场，两个屯子，还有这嘎姆镇，哪个是他下一处目标？”

“这六个点里，都有维持会，但只有黑沟子屯的维持会十天前处决了一批山林队，而且，黑沟子屯现在没有驻扎皇军。”岸谷说道。

横烟耸耸肩，说：“行吧，反正你是这次行动的指挥，我是协助你，听你的。”

第十一章 传 承

当晚，岸谷一行人便赶到了黑沟子屯。

但他们来晚了一步，颜红光已经将这里的汉奸消灭掉了。

“咱们来晚了。”横烟说道。

岸谷笑了笑，说：“也晚也不晚，好歹我们猜对了地方。”

他们揪来了维持会会长，岸谷说道：“我很惊讶，你竟然还活着，我想听听为什么。”

“他们说，上次处决抗日……哦不，反日，哎呀太君，这话我咋说都不合适啊。”维持会会长哭丧着脸说道。

“好了，一样，拣紧要的。”岸谷不耐烦地摆摆手。

维持会会长告诉岸谷，颜红光小队只有几个人。

在现场，岸谷也没有发现任何特殊的脚印，而只有一些马蹄印。

岸谷把磨损的马蹄铁举在半空中端详着，说：“你们屯子里有马吗？”

维持会会长絮叨道："穷得吃土了，哪来的马？"

岸谷眼睛一亮，说："我全想通了！颜红光单独行动时，是骑马的，所以他半天就赶到了这儿。如果是整块马蹄铁，马还能跑，但咱们发现的是半截，他一定要找地方重新给马换蹄铁。大城市太招摇，他不会去，像这里一样穷的小屯子，则没有能换马蹄铁的大车店。"

横烟也为之一振，说："找到换蹄铁的地方，就能逮到他，但是，咱还是老问题，警力不够，没法把所有的点都控制起来。"

岸谷笑道："布置两个点就够了。老师，你没有发现颜红光这家伙有个特点吗？他很自信。近乎自负了，我认为他根本就没把追击他的人放在眼里，他不会逃走，而是换上马蹄铁，继续袭击目标。"

"会在哪里换？"

"离这儿最近的地方。二道沟镇。"

"那是个镇子啊，他会冒这个险吗？"

"二道沟镇，说是镇子，其实介于屯子和乡镇之间，还算比较富裕。这是我们布置的第一个点，你和我，都要守在这个点。"

"那第二个点呢？"

"第二个点布置在大柳树屯，从地图上看，那儿是这一带山区的出口。我们布置一些警力，两头堵。"

二道沟镇，岸谷与横烟打扮成大车店老板与伙计的样子，等待颜红光上钩。

另一边，宋烟桥通过舒婕的情报，也发现了颜红光的踪迹。

以往，颜红光总是神出鬼没的，但这几次却有规律可循。

宋烟桥知道，自己能想到的，岸谷不会发现不了。

一番打探后，宋烟桥从黑沟子屯维持会会长嘴里知道，岸谷发现了半截马蹄铁。

宋烟桥决定带着大蹿儿去大车店支援颜红光。

大车店内，一个警卫员模样的人牵着一匹高头大马走来，说："掌柜的，换个马掌。"

横烟有些紧张。

岸谷却泰然自若："进来歇歇脚，喝碗水，吃点儿。"

"不歇了，赶紧地换了，赶路，不少你钱。"警卫员催促着。

岸谷给横烟使了个眼色，带警卫员去了马棚。

换好马掌后，岸谷叫人悄悄跟上了他。

横烟从附近村子里调来几门炮和几十杆枪，告诉他们打死颜红光，皇军给赏钱。

夜里，颜红光的住处被包围了。

千钧一发之际，房顶上的炮头将一片瓦整掉了。

岸谷暗骂一声，示意士兵进攻。

突然，一颗子弹划破夜空，炮头应声倒地。

颜红光蒙着面夺门而出，枪起枪落，枪无虚发。

横烟大惊道："这是人是妖？他怎么能看得见！"

另一名炮手赶忙说道："岸谷太君！这人是颜红光！夜里打枪不用瞄！只有他看得见！"

炮手话音刚落，脑门就挨了一枪。

颜红光跑进马棚，解了绳索，跨上骏马。

马槽后面，预先埋伏在此的三个警察站起来，近距离对着颜红光开枪。三支大口径霰弹枪同时击发，一片片霰弹击中颜红光胸口。

颜红光胸口“呼啦”一片血红，伤口往外涌血，他开枪打死了三名埋伏的警察。

这边，岸谷等人冲破了颜红光小队的阻拦，向马棚方向追去。

胸口不停冒血的颜红光，骑马飞奔到村口，两枪解决掉日本警察，飞马而去。

宋烟桥恰好看见冲出包围圈的颜红光，于是悄悄跟上。

颜红光逃进大山，岸谷怕中了埋伏，没有继续追踪。

横烟却信心满满地告诉岸谷，二人只需要寻找颜红光的尸体即可。

岸谷不懂，横烟却告诉他，这是一件天大的功劳，二人可以伪造颜红光已死的消息，向土肥原邀功领赏。

岸谷担心被土肥原识破，横烟却告诉他说：“颜红光是中国人的英雄，真的颜红光被我们剿灭了，杀掉了。再出现的那个，就算是真的，那也是假的。”

岸谷不解，横烟笑着告诉他说：“报告虽然是假的，但它给中国人带来的恐惧却是真的啊。我们不但没有成本，还能有意外收获，更有钱赚，为什么不做呢？”

岸谷决定听从横烟的安排。

另一头，宋烟桥闯进大山，在夜色中矮身前进。

宋烟桥身后，两只鸟受惊飞起。

宋烟桥转身举枪，正对颜红光的枪口。

两声枪响，几乎同时，宋烟桥和颜红光都射掉了对方的帽子。

两个人对视，静立，都没有再开第二枪。

“你怎么故意打偏呢？”颜红光先开了口。

“你不也故意打偏了吗？”宋烟桥说道。

“你不是敌人。”

“你是颜红光。”

颜红光微微一笑，身子一软，往前扑倒。

宋烟桥飞奔过去，颜红光手一撑，勉强没有彻底摔倒。

宋烟桥发现颜红光的伤口，要给他包扎。

颜红光却笑着制止了他，说：“血流得差不多了，别忙活了。”

宋烟桥低声：“我一直以为颜红光只是个传说。”

颜红光微微一笑，并不回答。

宋烟桥给颜红光包扎好，说：“还有救，我带你回去，我能搞到药。”

颜红光攥着他的手，说：“再捣鼓死得更快。”

宋烟桥坚持道：“能救的！”

颜红光摇摇头，说：“信我，我是外科医生。”

宋烟桥微微一怔。

颜红光说道：“鬼子来之前，我拿手术刀。鬼子来了，我拿起了枪。”

“你的部下呢？”

“部下？我没有部下，他们是我的兄弟，就四个。”

“四个人，做了这么多事，你是怎么做到的？”

“我到一个地方，找到那儿有血性的男子汉，告诉他们，我是颜红光，跟我杀鬼子！他们就来了！杀完鬼子，挪窝儿，换地儿。接着杀。一路打下来，杀了很多汉奸鬼子，兄弟们也牺牲了不少，就剩下四个了。”

“你在沈阳法院干的那一票，真漂亮！可惜我当时没找到你。”

“那不是我干的。”

宋烟桥惊讶道：“可是……现场留下了你的标记，红五星。”

颜红光笑了，说：“的确，我是杀过不少鬼子，干过不少事儿。后来颜红光这个名声在东北越叫越响，很多的民间抗日义举，也被归到了我头上。有些事是我干的，有些不是我干的，是‘颜红光’干的！从那时候起，‘颜红光’这三个字，就不只是我一个人的名字了，你明白吗？”

宋烟桥沉默，低头不语。

颜红光微微一笑，吹了个口哨。

他的马从林间缓步而来，到了身边。马伸出舌头，抵着颜红光的脸颊。

“这是我的马，叫作破虏。这是我的枪，叫作飞星。”

颜红光把镜面匣子递到宋烟桥手里。

“都交给你了，我的马，我的枪，还有我的名字，这就是回答。”

“你……是咱们的人吗？”宋烟桥问道。

“曾经是，战士，最后一个问题，我们战斗为了什么？”

“自由。”

“为了自由。”脸上浮现出灿烂的笑容，颜红光仿佛看到了过去和未来的时光。他至死都未闭上双眼。

传说中的英雄，就在这样一个普通的清晨，逝去了。

土肥原办公室内，石川识破了岸谷报告中的后半部分，但他们依旧决定，让颜红光已死的消息刊登在各大报纸上。

目的便是对中国老百姓诛心。

二道沟镇，岸谷一行人正在喝酒庆功，维持会会长的贺礼一拨接着一拨。

突然，一名警察念道："荡寇屯子维持会会长送来贺礼。"

岸谷一下子酒醒了："等等！什么荡寇屯子！根本没这个地儿！送礼的人呢？"

警察说道："他们把礼物放在警察局门口，就走了。"

横烟醉醺醺道："你不知道的地方多了，是礼就收下啊。"

说着，横烟打开了箱子。

箱子里全是手榴弹，箱子扣锁连着系在一起的手榴弹引线。开箱子这一下，引线扯断了，手榴弹冒出青烟。

"全体卧倒！"岸谷一声怒吼，飞身扑倒横烟，横烟胳膊受伤。

话音刚落，一匹马从远奔近，马上的人狗皮帽子，大氅，髭须，手持双枪，颜红光的打扮。他的脸上罩着黑布，只露出了眼睛。

原来是大蹿儿。

大蹿儿高呼一声："颜红光前来贺喜！"

说完一枪撂倒一名警察，拍马逃去。

岸谷等人正要追，一名警察跑来："长官！镇子南边发现颜红光！"

岸谷大吼一声："放屁！他明明在这儿！"

警察哀号："错不了！高头大马，狗皮帽，双枪，大胡子。"

岸谷和横烟对视一眼，说："一半人追这个！其他跟我去南边！跑步前进！"

跑着跑着，只剩下岸谷和横烟以及一名警察。在岸谷准备的烟花下，宋烟桥扮演的颜红光出现在三人面前，一枪打死了警察。

岸谷和横烟慌忙逃窜，情急之下，二人躲进了谷仓中。

横烟旁边一只老母鸡正在咕咕地叫，他忙按住了老母鸡的嘴。

岸谷突然自嘲一笑："漫天烟火……他就像神仙下凡一样出现……今天晚上发生的一切，老师啊，你不觉得就像一出戏吗？我们搭好了台，在等待着主角上台登场。没想到主角就是他。"

横烟无语："岸谷，你挺罗曼蒂克啊！"

岸谷摇摇头，说："真讽刺，太讽刺了，那烟花是我准备的！你明白吗？我准备的！"

横烟怔住，良久，和岸谷相视苦笑。

特务机关大院舒婕家，舒婕正在打电话：

"你好……免贵姓舒，上星期五我订了一双貂皮手套……对，水貂皮的，是今天取吧？……一个小时以后吗，没问题。"

公园里，宋烟桥告诉舒婕，她的情报很准确，也很及时，颜红光并没有死。

舒婕松了口气，看到自己的情报有效，她显得很开心。

回去时，舒婕问宋烟桥貂皮手套带没带，宋烟桥拿出手套递给她。

舒婕笑笑，说："演戏要演全套，岸谷既然听到了我去取手套，他一定会找机会印证。那我就显摆给他看！不，不是显摆，是不经意地让他发现。"

"有进步。"宋烟桥夸奖道。

特务机关大院门口，舒婕碰上了故作恩爱的岸谷夫妻。

岸谷看见舒婕很高兴，提议让她到警察厅总务课做文职秘书，舒婕却说，自己要考虑考虑。

宋烟桥家里，大蹿儿向宋烟桥提议道：“第一个任务，营救王振祥，哪知道是个叛徒。第二个任务，寻找颜红光，我们找到了他，但是他牺牲了。现在你和我，任务已经结束了。所以我们接下来，应该回上海，向组织复命。”

宋烟桥没有回答，反问道：“大蹿儿我问你，你想不想留在这里大干一场？”

大蹿儿问宋烟桥有什么想法。

宋烟桥说：“我想让颜红光活过来。”

哈尔滨郊区荒山附近的鸦片加工窝棚里。日本监工们配着枪，拿着皮鞭，正在督促中国苦力们干活。

角落，一名十三四岁的年轻苦力倒在地上，嘴唇发白，呼吸微弱。

大蹿儿此刻伪装成壮年苦力，正跪在边上，说：“来人啊！救命！这有个小娃儿要死了！”

监工们充耳不闻，老苦力也一脸冷漠，说：“你新来的吧？这儿天天死人，饿死，病死，鞭子抽死，鸦片烟呛死……”

大蹿儿趁机问苦力们听没听说过颜红光，谁知道老苦力毫无希望地告诉他：“全满洲都知道了，颜红光被日本人杀了，死了！”

第二天清晨，老苦力目光呆滞，仆倒在泥里。

监工挥起鞭子就抽，大蹿儿忍不住说道："你们这些强盗，跑到咱中国的地盘上来，欺负中国人！"

"你们是人吗？听好了！你们是大日本帝国的财产！不是人！起来！"监工连着大蹿儿一起抽鞭子。

苦力们木讷地看着这一幕，无人吭声。

监工把大蹿儿和老苦力吊起来，正打算开枪打死他俩，没想到自己却被子弹打中了胳膊。

雾中传来一声清啸。

宋烟桥蒙着面，骑着高头大马，戴着狗皮帽子，缓缓驰来。马出了雾气，一步步向监工们逼近，宋烟桥道："我是，颜红光。"

监工被宋烟桥反吊在树上。宋烟桥说道："今天我不杀你。不过有些事情，你得说真话。说真话，就饶你不死。安全了！出来吧！哈里森先生！"

美国记者从树林里钻出来，举起相机。

老苦力和大半苦力都感激宋烟桥，却不愿跟着他一起去打日本人，宋烟桥也不勉强，给他们一点钱并放其回家。

而美国记者的照片，也在报纸上变成了连续的黑白画面定格：如同地狱恶鬼般的苦力们，跪地求饶的监工，熊熊燃烧的鸦片加工窝棚。

最后定格的是：宋烟桥蒙面骑在马上的英姿。

警察厅办公室内，岸谷和横烟对着报纸一言不发。

"这下好了，颜红光成了今日的世界巨星了。"横烟说道。

岸谷一直冷笑，不说话。让横烟觉得有些恐惧。

岸谷担心的不是颜红光，而是颜红光跟地下党联手。

另一边，冯硕英按宋烟桥的要求，已经换了新住处。

“最近经费还够用吗？”宋烟桥问道。

“我们已经跟组织失去联系很久了，活动经费早就没有了。但你别忘了，我的掩护身份是工业大学的物理老师，能给伪政府做些项目。”

冯硕英让宋烟桥看颜红光复活的报纸，并告诉宋烟桥，说：“反正……我的学生们都激动了！他们要乘着这场风，呼吁学联，组织抗日运动！”

宋烟桥却不太感兴趣，他敲了敲电台，说：“学运的出发点是好的，但得看时机，看环境。不然会给孩子们带来危险，这个以后再聊。”

宋烟桥住处，大蹿儿问宋烟桥，说：“东北成了这样，我也不想走……可是你不走，是因为她吗？”

宋烟桥良久，说：“我答应过，再也不会抛弃她。回去的时候，我们把她带上，她是一个好同志，上级会给她安排合适的工作。”

看着颜红光的行头，宋烟桥露出了失落的表情。

第十二章　抗　争

“冯老师！冯老师！”

冯硕英扭头，看到乔云一路小跑追上来。

“我想听您的力学课，”乔云说道，“但是今晚的课为什么取消了呢？我和一年级的几个同学很谈得来，约好一起听课。我去宿舍找他们也找不到，他们同班的我也一个都没找到。”

冯硕英解释道：“哦，课程取消是学校通知的，好像是说……他们班外出实习去了。”

“嗯！谢谢老师！”单纯的乔云走了。

冯硕英脸上挂满了阴郁，原来，那三个学生都被日本人抓走了。

哈尔滨郊外的土窑外，前田胜家刚刚结束自己对一个女学生的暴行。

几十个大学生被像糖葫芦一样串着，捆着。

特务向前田胜家请示道：“特务机关请您配合我挨个审讯，查问共党学委的线索。”

前田胜家笑眯眯地说：“我看没有一个像共产党，要不，都放了吧。”

特务和日军士兵们困惑，前田却疯狂地大笑着，几步走到重机枪前，坐下，拉枪栓……

随着重机枪“嗒嗒嗒”的声响，学生们如同被割麦子一般，瞬息之间，无一生还。血，染红了黑土地。

工业大学校内的咖啡馆里，只有历史系教授薛唯方独自坐着看书。

乔云走了过来，说：“薛先生，我能坐这里吗？”

薛唯方看了眼乔云，面色慈祥和蔼。

“您觉得时局这样，我们青年学生应该怎么做？我们应该反抗吧？”

薛唯方伪善地笑了，说：“这些话是你自己想出来的，还是从别处听来的？”

“自己想的。”乔云说。

“我讨厌那些所谓的爱国者，他们在把国家拖向战争，他们要对死去的无辜老百姓负责。”

“爱国者应该对死去的人负责？”

“鼓动年轻人使用暴力就是犯罪，什么爱国者？爱国贼！”

乔云震惊了，说：“先生，这个……我无法认同。”

薛唯方一脸恨铁不成钢，说：“因为你还太幼稚！我提醒你，多读书，开阔眼界，不要去做什么爱国贼！”

圣索菲亚大教堂外。“你的担忧证实了，学委通过司法部高层的朋友得知，那个班的学生的确被秘密抓捕了，”冯硕英低声说道，“要往好处想，老宋同志，说不定鬼子审一审，就释放了。”

宋烟桥面容沉郁，说：“统治机器任何时候，不到下了杀心，是不会用这种手段对付学生的。秘密抓捕通常是一两个……那是整整一个班啊！”

“有消息说，去了城南松岗子方向……”

城南松岗子的土窑内，尸臭熏天。

冯硕英跪在外面，不住地呕吐，满脸的泪水。

宋烟桥和大蹿儿也是一脸震惊，愤怒至极的表情——

他们面前，正是被日本人抓去的学生们的尸骨，此刻，只剩下黑黢黢微微透着些暗红的灰烬，难以名状。

“不敢埋，怕被挖出来。烧了，就以为没有人知道。”宋烟桥冷冷道。

“三十多个孩子……”大蹿儿喃喃道，突然，一声狂吼，掏出枪冲出了土窑，就要去拼命。

冯硕英忙爬起来拽住大蹿儿，说：“别去送死！”

“你闭嘴！你不是负责学生工作的吗？你们搞的啥名堂！啊？！我他妈的……我他妈的一枪崩了你……他们也活不过来了！”大蹿儿带了丝哭腔。

“是我的错！我发现晚了……”冯硕英瘫软在地，流泪。这一刻，他和那个一挥手就干掉汉奸的冯硕英，判若两人。

宋烟桥很冷静。

他回到家，拿起了那套颜红光的行头，郑重地穿戴在自己身上。

镜子里的宋烟桥，一点一点地变成了颜红光。

街道上，警察正在检查过往的行人。

舒婕穿着洋装，戴着英式面纱礼帽，向着岗哨走去。

“站住，证件。”

“每天我都从这儿走，怎么今天就要查证件？”

“没有证件，不能从这儿过！”

舒婕不耐烦地掏出证件，说：“给。”

警察仔细看了舒婕的证件，又打量舒婕片刻，挥手放行。

“等等！”警察队长喊道，“请您解开衣服，例行检查。”

“这不礼貌。”舒婕抗议。

“查完了要是没问题，我向您道歉。请吧。”

舒婕慢条斯理地取下围巾，让警察队长帮她拿着，又慢慢地解开大衣扣子，接着她挽起了袖子……

舒婕借着解开扣子的机会，将折好的抄写纸捏在手心里，最后一颗扣子解开，连忙又去挽袖口，顺手一塞，藏进了胸衣里。

舒婕张开双臂，准备接受检查。

此刻，前田胜家坐着汽车恰好经过岗哨。

警察队长查完，没有发现，说：“请你把里面的衣服也脱掉。”

“你们太过分了！”舒婕喊道。

“请脱掉！来人！”几名警察上来，抓住舒婕的双手，就要动手扒舒婕的衣服。

前田胜家的车倒了回来，急刹。警卫下车，狠狠地抽了警察队长一巴掌。

车窗摇下，前田胜家向伏在地上的舒婕伸出了手。

前田胜家对着舒婕笑，有些色眯眯。旁边的警言不知前田胜家何人，对其大嚷。

勤务兵一脚把这个警察踹到地上，说："这是前田胜家少佐大人，你敢对少佐大喊大叫？"

"这位小姐，你没事吧？"前田胜家问道。

"没事。"舒婕侧过头来时，已换了一副娇滴滴的矜持样子。

"你住哪儿？我送你。"

"不必了。"

"我坚持。"

舒婕微微一笑，低头不语。警卫上前为舒婕拉开车门。

"能停一下吗？我可以自己回家。"半路上，舒婕问道。

"我送你。"前田胜家坚持道。

"我不喜欢被人强迫，请让我下去。"

车停下。舒婕微笑地说："我该说，谢谢。"

前田胜家从口袋里掏出一张卡片，递给舒婕，说："打给我，交个朋友。"

舒婕笑着问："您是不是经常给初次见面的女孩子递卡片？"

前田胜家嘿嘿一笑，说："再见。"

舒婕面带微笑，目送前田胜家离开。她猜想，前田此刻或许正通过后视镜观察自己。她还得忍着恶心伪装

半晌，车走远了。舒婕皱起了眉，厌恶地看着手里的卡片。

索菲亚咖啡馆内。

舒婕拿着前田给的卡片打了电话。

前田接起电话，问:“哪位？”

“比丘克小姐。”舒婕温柔地说。

“这么晚了，还没睡吗？”

“睡不着，躺下了不停地做梦。”

“哦，是吗？我也整夜做梦。”

“你梦到什么了？”

“和你的差不多吧。”

两个人暧昧地沉默了好久。

“我们在哪见面？”前田忍不住说道。

“你梦到的是哪儿？”

“我不记得了，你提醒我一下。”

“索菲亚咖啡馆，明天中午十二点。”

“那么晚，我怕我饿不到那时候。”

“我会请您多吃点。”

“是吗？我这人胃口好，不容易饱。”电话那头，前田的笑声有些猥琐。

宋烟桥家里，舒婕咕噜咕噜喝掉整杯水。

“你违规了。”宋烟桥说。

“我知道，按规定我不能来这儿找你。别担心，学了这么久，有没有尾巴我拿得准。不是十万火急的事儿，我不会这么干的。”

“多紧急的情况，要大半夜见面？”

“很急，明天，你和大蹿儿都来，带上枪，子弹涂毒。”

宋烟桥沉默半晌，说：“前田胜家是吗？”

舒婕咬牙切齿，一脸恨恨之色，说：“那个畜生！”

宋烟桥马上说道：“立刻向我汇报全部情况，不要遗漏任何细节。”

半夜，岸谷雄一给前田打电话，提醒他最近注意安全，因为有很多抗日分子可能会来袭击他。

自负的前田却丝毫不以为意。宋烟桥制订了计划，对舒婕说道：“远离窗户的位置，选一个角落里的座位，保证他从店外看不到你。其他的，我和大蹿儿完成。”

舒婕问：“谁来开枪？”

宋烟桥毫不犹豫地说：“大蹿儿！最短时间解决问题，目标向舒婕走过去时，别等他接近，你直接在这里射击，要求你三枪全打要害。你开枪以后，不管是否击毙，立刻从后厨逃走。这条路线我会提前安排好。”

舒婕有些疑惑：“你脑子也太快了？就像事先策划过一样，不会是你们早就准备干掉他吧？”

宋烟桥揶揄道：“你想多了，我受过训练，另外，你要准备一个很自然的不在场证明，以备岸谷事后追问。”

当天中午 11 点 25 分，舒婕准备离开。

“站住，”黄思聪笑道，“还有五分钟下班呢，你想干吗去？”

舒婕赶紧凑过来，说：“嘘，小点儿声。我想吃奶油冰棍了，中央大街挨着俩中学，一到中午下课，马迭尔雪糕店得排长队，我打算提前几分钟去！”

“啧啧，实话都招了，可别忘了见者有份儿！”

“哪回少了你的！”

“快去快去，万一课长来，我就说你去上厕所了！”

舒婕对黄思聪眨眨眼，出去了。

咖啡馆里，前田刻意让司机晚些到，同时让一名士兵假扮自己，前去赴约。

大蹿儿在门口，不假思索地向前田的替身连开三枪。

舒婕已经来不及拦住他。

“弄错了？”宋烟桥问。

“这是他的勤务兵，我见过。”舒婕焦急地说。

“你马上撤，还是执行原计划。”宋烟桥手伸进口袋，握紧了手枪，跟着纷乱的人群，冲出咖啡馆。

岸谷见到死里逃生的前田，请他描绘舒婕的样子。

“她戴着洋礼帽，遮半张脸的那种，我看不清。”

岸谷一怔，上了心，说：“前田少佐，我个人建议您，最近不要抛头露面，共产党一次不成，可能还会换一种方式，再对您下手。”

“后天的庆功宴我不能不去。”前田自负道。

“您最好还是不要露面。当然，这只是我个人建议。我知道，这次庆功宴您出席是很重要的。”

“共产党不会那么傻，刚行刺失败一次，又接着再干一把，况且，霍尔瓦特大街三号是宪兵队负责警戒工作的，难道不够安全吗？”

“从我的角度来说，世界上没有绝对安全的地方。您要坚持的话，我只能提醒您，一切多加小心。”

下班时间，黄思聪从门口出来。

岸谷叫住她。

“是岸谷先生呀，你怎么来这儿了？哦哦，我知道了！她前脚儿刚走，你来晚啦！”黄思聪一脸很懂的样子。

“哈，又和我开玩笑。看你都瘦了，食堂最近餐食怎么样，中午吃的什么呀？”

“马迭尔的奶油冰棍吗？”

“您怎么知道？”

“全哈尔滨最有名的就是那里，她是几点去的？”

“中午下班呀，十一点半去的，十二点半回来的。现在天冷，一个小时化不了，夏天可就不行了！”

岸谷思索片刻，马迭尔的冰棍全哈尔滨就一家，没分店。

岸谷对身边的横烟说：“从这里到中央大街，距离很远，索菲亚咖啡馆在完全相反的方向，按照时间来算……她确实不太可能在一个小时之内，完成袭击和买雪糕两件事。只是，我还是觉得哪里不对。”

“你对她过分怀疑了。”

“我再想想……”

“别想了，别忘了她是土肥原先生挑选的人，虽然只是个打字员，但也算是同僚。你要是冤枉了她，传出去会成为特务机关的笑话。”

“不对……老师！为什么这么巧呢？就好像知道我会来查她一样？干吗非要去那么远的地方买冰棍？你不觉得很刻意吗？”

横烟无奈地翻了一个白眼，说：“你还是太年轻了。你永远想象不出，女士们为一口好吃的能有多执着！”

宴会别墅外，宋烟桥打算动手干掉前田，并且让舒婕接应自己。

他杀掉了一名汉奸，化装成他的样子，在舌头下压了一个刀片。

宋烟桥断了电，会场顿时一片漆黑。

他混在人群中高声说道："会不会是颜红光来了？他杀人不眨眼！"

人群惊慌，开始往出口涌，推搡，嘈杂的声音不绝于耳。

趁乱，宋烟桥抢了警佐的配枪，扮成服务生的样子缓缓走上二楼。

中央坐的正是前田！

新仇旧恨，宋烟桥举枪杀了几个军官，又用餐刀捅死了前田，之后匆忙逃跑。

逃跑过程中，宋烟桥胳膊中弹了。

舒婕接应他的时候，宋烟桥逃进了下水道，躲进了霁虹桥的安全点。

岸谷听查哨的警察说，又是一个戴洋礼帽的女人开着有血腥气味的车，顿时心中疑云升起。

他一路追查到了霁虹桥。

大蹿儿和舒婕看到岸谷十分焦急。

千钧一发之际，大蹿儿想到了一个人。

第十三章　牺　牲

大蹿儿对舒婕说："记得老毛子开的那个玛申卡酒吧吗？那儿的老板包瑞斯，其实是搞走私的黑帮。老宋派我盯他很久了，他们在四道街 15 号有间小仓库，有暗道连着下水道，另一侧的出口，就是霁虹桥 30 号，也是个小仓库。离旅店不远。这是他们搞走私的线路。咱借地道一用，把老宋带出敌人的封锁！"

酒吧内，包瑞斯同意去救宋烟桥，只要舒婕喝掉一杯燃烧的酒。

舒婕二话不说，一口闷了。

包瑞斯也不多废话，手一挥，乐队成员纷纷拿起自己的乐器盒子，跟着二人一起去救宋烟桥。

救出宋烟桥后，却意外跟宪兵队接了火。

包瑞斯狠狠地看了宋烟桥一眼，说："抓你的，对吧？他妈的！得！兄弟们！没辙了！耍吧。"

玛申卡乐队众人，一人拿出一个大红色面罩，蒙面。他们一个个利落地掀开了装乐器的箱子——大大小小的枪支武器。

宋烟桥和舒婕对视，目瞪口呆。

大蹿儿一脸眼馋，说：“哇！芝加哥打字机？”

宋烟桥一行人跟日本人开了火。奈何日本人越打越多，包瑞斯有点支撑不住。宋烟桥将酒劲上来的舒婕托付给包瑞斯，自己跳车给他们打掩护。

哪知，舒婕紧跟着就跳了下去。包瑞斯无奈，只好开车先走。

宋烟桥和舒婕跑到了悬崖边——前无去路，后有追兵，一咬牙，二人纵身跳下了悬崖。

山洞里，刚从水里爬上来的宋烟桥打着哆嗦，他找到了山中猎人屯的粮，给昏迷的舒婕喂了一口烧酒，一点苞米面。

宋烟桥知道，他们要继续走。

路上，舒婕伏在宋烟桥背上，告诉他自己撑不下去了。

但宋烟桥摇摇头，只是惯性地背着她往前走。

不知道走了多久，在宋烟桥撑到极限快要倒下的时候。折返的大蹿儿带着几个猎户，出现在两人面前。

得救的舒婕回到家，参加了岸谷的生日会，而另一头，宋烟桥去工业大学找了薛唯方教授。

警察厅办公室里，邵熠辉换上二等警尉的衣服，跟土肥原讨论起颜红光来。

邵熠辉向土肥原介绍了薛唯方，提出了爱国贼的理论，土肥原很感兴趣。

另一面，冯硕英在包瑞斯的酒吧里接头，却不想，接头人竟是自己的“前妻”——具恩惠。

具恩惠这次回来，依旧是跟冯硕英假扮夫妻。

家里，具恩惠问舒婕，是不是喜欢老宋，舒婕不禁面红耳赤。

一番相处下来，舒婕发现具恩惠并不像传闻中那么凶，反而是个很真实的热心人。

警察办公厅内，岸谷向横烟透露，自己因为追捕颜红光而拒绝了升迁。

“据我观察，最近哈尔滨的学生运动有点复燃，这是中共地下党策划的。您想想，颜红光为什么能在这座城市生存？他有一柄能为他遮挡弹雨的大伞。这柄伞就是被中共煽动起来的反日情绪。”

“你得刮起多大的风雨，才能把伞掀翻？上头会支持你吗？”横烟有些不以为然。

“掀翻不必，戳漏一个小洞，说不定有意外的惊喜。”岸谷露出一丝阴冷的笑意。

冯硕英家，具恩惠正在译电。她从桌上五本杂志中拿出一本，是《真美善》1928 年 12 月刊，翻到《孽海花》的连载。

具恩惠逐渐变得兴奋起来。

四人围在一起打扑克，具恩惠透露，上级希望哈尔滨的学生搞一场学潮运动。

宋烟桥不满，说：“上头这次提出的工作方向我不赞同。眼下哈尔滨已经被日本人和汉奸们牢牢控制，他们正在找机会向抗日群众下手。我们应该保护好不容易积攒起来的力量。他们是革命的未来。这个时候搞学生运动，还策划什么飞行集会，那只会给敌人提供靶子。”

具恩惠立刻反驳，说：“我不同意！就是因为敌人把哈尔滨管起来了，我们更要扯大旗、敲大鼓去斗争！要不然我们不光失去了阵地，还失去了民心！”

舒婕和冯硕英都赞同老宋。

具恩惠突然对冯硕英发难道：“我命令你离开桌子，去里面待着！”

宋烟桥和舒婕都是一脸惊愕。

“沈阳出事以后，你的问题我还没跟你算清楚！哈尔滨地下组织到底出了什么问题？你在哪里？你做了什么？那么多同志牺牲了，你连毛都没少一根……”具恩惠恨恨道。

“是不是只有我牺牲了，才能让你瞧得起？”冯硕英冒出一句。

“你不会牺牲的，多少次了，枪一响你比兔子跑得都快！你很会写报告，每次都把自己择得干干净净，你就是怕死！”具恩惠轻蔑道。

“那也是因为你不懂策略，只知道红着眼睛蛮干！根本不关心身边同志的死活！”

具恩惠抬起手来，利落地给了冯硕英重重一耳光。

舒婕连忙把具恩惠抱住，宋烟桥也拉住了冯硕英。

冯硕英叹了口气，告诉宋烟桥，说：“说起来也不怪她，那时我们的压力都很大，她以前不是这个性子。多年前她发展过一个下线入党，两个人就像亲姐妹一样，后来那个女人叛变了，使组织遭受了很大的损失。”

从那以后，具恩惠变得偏激，她不愿意承认自己错了，或者说，不愿意对大家承认。

宋烟桥告诉冯硕英，说：“哈尔滨的形势不像上海、武汉，日本人和满洲政府对我们不会有任何同情，我们没有回旋余地。唯一可以依靠的，是大众。学生运动一旦搞起来，他们一定会毫不犹豫地发动镇压，那损失可就大了。”

冯硕英叹气，宋烟桥脸色凝重。

另一边，岸谷和土肥原正在做投壶游戏。

岸谷向土肥原提议，从学生下手，让他们无法继续煽动民心，让颜红光无处依靠。

土肥原对岸谷的提议大加赞赏。

黑夜里的小院，明晃晃的手电光线。

两个特务把一名满铁员工从屋里押出，岸谷用手电筒照得他眯起了眼。

满铁员工求饶道：“别整我了长官，晃眼睛！我是满铁的人，抓错了呀！有证件，你们咋能王八瞅上我这绿豆，跟我对上眼儿了？”

岸谷举起手电筒，环视院子。手电光线照到了院里砖砌的鸡窝。

岸谷向鸡窝一指，横烟奔过去。

满铁员工顿时面如死灰。

审讯室内，岸谷正在提审这名满铁员工。横烟正在拔犯人的指甲，这是一种极其有效的刑罚。

又拔了一枚指甲。满铁员工顿时惨叫。

岸谷抓住满铁员工血淋淋的手，凝视他，说：“告诉我名字，你只是赤共的外围，用不着死。说出来，回家接着过日子。这里的事，对外面的任何人都是保密的。”

按照满铁员工的交代，岸谷将一名男学生带到审讯室。

不一样的是，他给了男学生一碗小鸡炖蘑菇，还给他讲了很多列宁和共产党的事情。

男学生被侃侃而谈的岸谷吸引了。

哈尔滨工业大学的教室里，八个女学生正在合唱俄罗斯民歌《小路》。

舒婕变了装，她身穿一套教员样式的衣服，扎着头发，戴着眼镜。她坐在下面，注视着一个二十岁不到的女学生——乔云。

丁康从教师后门走进来，坐到舒婕旁，高兴地说："你找我啊？"

原来，舒婕想让丁康知道，与他年龄相仿的女学生才更适合他。

丁康生气地离开了。

咖啡馆内，舒婕跟乔云喝着咖啡。

乔云向舒婕提出，自己要加入团支部。

舒婕告诉她："革命，不是闹着玩儿，需要你付出。"

乔云一脸天真和迷茫："付出什么？"

舒婕坚定地说："所有。甚至是最宝贵的，生命。"

乔云答应舒婕，自己再好好想想。

二人离开咖啡馆，正好碰见了宋烟桥。

宋烟桥警告舒婕，不要跟具恩惠一起，在这个时候让学生们搞什么运动，这是把学生往枪口上送。

舒婕对宋烟桥的警告不置可否，只是告诉宋烟桥，上级的命令是不会出错的。

街上，乔云看到一帮日本士兵正在殴打一个卖山货的老汉。

老汉鲜血淋漓，奄奄一息。周围的人只是麻木而畏缩地看着。

乔云努力克制着愤怒，把嘴唇咬出了血。

晚上，乔云从黑市给父亲弄了点儿大米，乔父正在修家里的大钟。

看着跑出去的乔云，乔父喃喃道："这钟啊，三十年了，没坏过。今儿不知咋了，俺这眼皮子直跳啊……"

工业大学图书馆内，乔云坚定地告诉舒婕，自己想要加入，想成为抗日战士。

舒婕让乔云帮自己找到宋烟桥总是哼唱的《远在小河对岸》乐谱，告诉她，前方的路可能会很艰难，会付出生命。

乔云沉默良久，说："死，我不怕。要是我死了，不要告诉我的爸爸妈妈。"

舒婕看着她，半晌，点头。

大街上，戴着黑帽子的乔云正在给民众大声宣扬救亡图存，突然警笛声响起。

舒婕拿过乔云的黑帽子，将警察的视线吸引到自己身上。舒婕被便衣警察抓住了。

危急时刻，宋烟桥赶来救下了舒婕。

二人混在人群中，却发现乔云戴着舒婕的黑帽子，被警察抓上了囚车。

大蹿儿号召工人罢工，趁乱救下了宋烟桥和舒婕，但宋烟桥却担心，目睹乔云被抓的舒婕过不了自己那关。

果然，舒婕在家里痛心疾首。

她在心里一遍遍呐喊：乔云……我的乔云……我该怎么救你。

猛然间，她发现岸谷家的灯还亮着。但岸谷并不在家。

此时的岸谷，正在江边看着乔云一步一步走向江心，最后消失不见。

舒婕提着沉重的箱子，打算用箱子里的冲锋枪血洗警察局。

关键时刻，宋烟桥将她拖回了家。

家里，舒婕红着眼眶，冷静地告诉宋烟桥，自己一定要把乔云救出来。

谁知，大蹿儿却带来一个噩耗。

报纸上，“中共邪恶赤匪非法反日活动，煽动无辜善良女学生乔云送命”的标题下，配的是一张乔云的照片，那是一张天真无邪的笑脸。

舒婕颤抖地看着报纸，不停地说：“乔云是替我死的，我的手上沾着乔云的血……是我害死了她！”

看着这样的舒婕，宋烟桥和大蹿儿心痛不已。

乔母蜷缩在火炉边，一言不发。

桌子上，是一碗热气腾腾的白米饭。

那是用女儿最后留下的大米煮成的，乔父木然地盯着报纸。

舒婕和宋烟桥把门敲开。

乔父盯着他俩悲从中来，他怨恨眼前的人带走了他的宝贝女儿，他憋着一肚子火和脏话，却对着舒婕骂不出来。

舒婕拿出一沓钱，请乔父收下。

乔父扬起手杖，击在舒婕手腕上，钱撒了一地。他铆足了劲怒吼道：“滚！”

门外，乔母追上痛心的二人，告诉他们，自己为女儿感到骄傲。

舒婕的泪水夺眶而出。

岸谷办公室的电话里，土肥原问他杀害这个女孩的用意在哪里。

岸谷说告诉土肥原，虽然自己残忍地杀害了这个女孩子，但他可以用中共和中国人的复仇心，将颜红光引出来。

工业大学咖啡馆里，宋烟桥发现薛唯方不过是个恨爱国者如寇仇的读书人，表面口若悬河，实则胆小如鼠。

他摇摇头，再也不对劝说薛唯方发表爱国言论而抱有希望了："薛先生，话不投机半句多，我提醒您一句话，别忘了你是个中国人，就此别过。"

第十四章　武　装

冯硕英家里，舒婕红着眼睛要去跟日本人拼命。

宋烟桥叫她成熟点。

具恩惠告诉大家，上级有个安排："明天晚上，日本人在北方大剧院搞演出，庆祝满洲国成立。我想跟大家商量，来一次突袭，炸掉那个地方。"

舒婕很高兴，但是宋烟桥却对具恩惠的命令产生了怀疑，说："是吗？我认为上级不会下这样的命令。中央特科的伍豪（即周恩来）同志说过，恐怖主义对革命没有益处。那样会偏离政治斗争的正确方向，脱离群众。"

具恩惠一撇嘴，说："这里是满洲，你现在只有服从的权利，没有质疑的权利。"

宋烟桥告诉他们，剧院不仅有日本人和汉奸，还有无辜的百姓，他们不能动手。

舒婕有些不耐烦，说："乔云的死，同志的死！难道都打动不了你那颗臭石头一样的心吗？老宋，难道我看错你了吗？"

宋烟桥无奈，说："我们势单力薄，这件事还要从长计议，做好周密安排。"

具恩惠一笑，说："这个情况上级也考虑到了，所以特意联络了一支队伍跟我们一起干，一支东北军余部，领头的叫冯超。"

宋烟桥沉默半晌，说："这个人我认识，这样吧，我去跟他碰头。"

中央公园里，宋烟桥和冯超顺利接上了头。

冯超听出是宋烟桥的声音，感慨他活得时间真长。

宋烟桥也没有过多叙旧，张口便说："有件事，不知道你信不信得过我。"

冯超喝了口酒，嗤笑道："说吧，什么活儿？"

"明天别去剧院。城外有个小站，傍晚时分那儿过一趟军需列车，你们去搞点儿动静。"

"多大的动静？"

"越大越好，但是也要全身而退。"

"这跟原来的计划不一样啊，你们上头说的是一起行动。"

"这是我的计划，不是上头的计划，你信不信得过我？"

冯超无奈："娘的，每次见你都是一堆麻烦事儿。"

哈尔滨警察厅，岸谷告诉横烟，共产党都是激进分子，一定会选择炸掉这个地方作为报复，并递给横烟一张请柬：今晚八点，北方大剧院举行满洲国建国庆典。

横烟讶异，说："不会吧！那里头可有不少平民啊！"

“日本平民……满洲国平民……参加庆典的人，在激进的民族主义者眼里，都是敌人，是汉奸，他们会动手的。”

横烟打算立即通知宪兵队，疏散人群。

岸谷阴冷地制止了他，说：“为什么要疏散呢？我看过名单，帝国的大人物不会到场，去的都是溥仪政府的。死一些无关紧要的人，对我们是有帮助的不是吗？”

“这事要是穿帮了……”

“你不说，我不说，没人知道。我已经用别的理由加强了北方大剧院附近的宪兵巡逻。事发以后，我们再去抓人。他们不干则罢，干了，国际舆论会怎么说？当你发现对手要犯一个巨大的错误，为什么要去阻止呢？”岸谷阴沉沉地诱哄道。

横烟讶异岸谷的狠，不由得出了一身冷汗。

突然，一个特务交给岸谷一份报案。

岸谷饶有兴趣地说：“有意思，宪兵队接到举报，说是有反日分子今晚要袭击哈尔滨城西铁路。”

岸谷指向地图上的北方大剧院，自信满满道：“声东击西，引开我们的注意力，给袭击剧院制造机会！这次，来演本悬疑大师岸谷雄一的剧本吧！”

冯硕英家里，舒婕和具恩惠不放心宋烟桥，让大蹿儿把宋烟桥软禁在家。

宋烟桥早就料到自己会被软禁，于是趁大蹿儿不注意，骑上早早准备好的自行车，在街道上飞驰而去。

剧院演出当晚，岸谷闭目坐着，静如雕塑。

横烟则一直焦躁地喝着茶。

突然，石川一把推开门，冲了进来。

“你们在做什么？你下午是不是接到了举报，有反日分子要袭击哈西铁路？”

岸谷如实回答：“有。我认为是假情报。”

“不！是真的！你这个笨蛋！是真的！真的！”

“这不可能！”

“不是哈西，是哈东的铁路。就在刚才，七点钟的时候，一辆停靠在小站临检的列车，被反日分子武装袭击，十一名帝国军人丧生，二十三人受伤！”

岸谷和横烟立即出警。

但岸谷低声告诉横烟，叫他相信自己，北方大剧院今晚一定会出事。

剧院前，具恩惠一行人发现门口有很多敌人，往城东方向去了。

“北方大剧院在西大直街，我多绕一个圈，不走南边的路口，从北边路口绕过去，怎么样？”冯硕英提议道。

“批准。”

冯硕英绕圈子的时候，宋烟桥和大蹿儿追上了她们，告诉她们有埋伏，行动取消。

四人骑自行车逃走，后面是追来的宪兵。

宪兵瞄准宋烟桥要开枪。

突然，夜空里传来自行车的链条声和一个老人的吼声。

乔父骑着自行车，从三岔巷的西侧路出来，撞在了宪兵身上，乔父摔倒。

宋烟桥看见乔父很是惊讶。

乔父爬起来，掏出修大钟用的铁扳手，向宪兵脑袋上砸去。他充满了愤怒和憎恨，骂道：“狗东西，小鬼子！死去吧！畜生！”

一声枪响，乔父大腿中弹，伸手扶墙，没有倒下。

横烟的枪口冒着烟，带着几名警察，追了过来。

宋烟桥不忍丢下乔父，过来拉他一起走。

乔父将他推开，说：“他们杀不了我两次。早在小云走的那天，我就已经死了！”

乔父一把将宋烟桥推过栅栏，说：“你快走！别让我的小云白死！你要替我活下去！跟他们斗到最后！”

宋烟桥在栅栏那一头，听见了横烟的枪响。

乔父一只手抓着铁栅栏，脸上依旧洋溢着惨烈的笑容。

屋内，宋烟桥跟舒婕长谈了一番，告诉她不要再狂热下去，不要让老百姓走在他们的前头。

舒婕的眼泪夺眶而出，她紧紧抱住了宋烟桥。

宋烟桥打算搞一个武装队，让颜红光从一个独行侠变成一面旗帜。

横烟和岸谷也想到了这点，他们害怕颜红光和当地的武装组织联系，于是打算先下手，假扮颜红光的队伍，将山上的游击队都清理干净。

警察厅外，悬挂着二十多具游击队员的尸体，每具尸体上，都挂着一个长条木牌：反日分子下场。

办公厅内，岸谷正在伏案工作。

此时的岸谷，一身关东军少将的军装。他正要执笔签字，却发现手在颤抖。

岸谷拉开抽屉，拿出一个药瓶打算吃药。

横烟敲门进来，岸谷迅速将药放回抽屉。

横烟敬礼，说:“报告厅长，任务达成！但颜红光还是没有出现。”

岸谷一边把玩着手里的武士刀，一边告诉横烟，他永远是自己的老师，希望他不要在自己面前拘礼。

横烟答应着，态度仍旧恭敬。

工业大学图书馆里，岸谷身着便装，走到薛唯方身边咳嗽了一声。

岸谷用礼貌的方式，邀请薛唯方用自己的身份，替满洲国制造舆论。

薛唯方高傲地拒绝了。

他告诉岸谷，自己不会帮助“爱国贼”，也不想跟政治有什么瓜葛。

回到家后，岸谷反复听着舒婕的监听盘，听着舒婕偶尔的哼歌，岸谷的脸上不自觉地露出微笑。

他缓了缓精神，把机器关掉。

烟筒山村村口。

兽医朴一生端着旱烟站在村口，表情有些黯淡。

突然，他瞥见了宋烟桥。看打扮，他认定宋烟桥是个卖山货的生意人，也没太注意他。

“朴一生？”宋烟桥率先开了口。

“你知道我？”朴一生有点惊讶。

“我知道这村里有个当兽医的朴一生，老哥身上这腥膻味道重，我算是闻出来的。”宋烟桥解释道。

“你这老客倒是会唠嗑。可我实在是没工夫忙嘴皮子，你忙你的去。”朴一生挥挥手。

宋烟桥一笑，说：“老哥要是等人，那就没啥好急的。”

朴一生打量他一眼，突然明白过来：“你……你是……”

“有里红外白的好鹿皮吗？”

“有，长三尺三，宽三尺三，迎风一抖正好盖住这烟筒山。你是颜红光？我可把你给盼来了。”朴一生一把拉住宋烟桥的手，将他拉到一边。

宋烟桥摘下帽子，问道：“村里出了什么事儿？”

朴一生叹口气，说：“唉，我们村的游击队只有两个党员，除了我，就是木匠彭措大。队伍发展的…… 唉，就只有两支猎铳。这不听说你要来，小彭捣鼓着到村西头贾财主家弄两支枪去，壮壮声势。我这一时没拦住，结果他们就……”

“我来了啥也别怕，慢慢唠，就怎么了？”

贾家大院，宋烟桥和朴一生挤进人群，听到大院儿里贾财主正在嚷嚷：“乡亲们呢，我贾大善人家在烟筒山六代了，祖祖辈辈都是讲究人儿，每年过年，一户一大块肥肉，一根猪尾巴，谁给的？贾家！就是讲究！你们都是我的佃户，谁照应你们，我贾有德啊。可是今天，在自己的屯子里居然有人劫我。这几个丧良心的货都是谁，都是谁？”

贾财主身后，游击队员们个个狼狈不堪。彭措大三十岁出头，但邋遢得像五十岁似的。另外几个都是二十岁出头的小伙子。他们都蹲在墙角。罗开山只有十七八岁，抹着鼻涕跪在地上。

贾财主指着彭措大喊道："彭措大！你瞅瞅你这鬼头蛤蟆眼的，你就是欠收拾。你那个满身骚气儿的老铁呢？"

贾家的哑巴炮头姜东魁一把将朴一生从人群中拽了出去。

"干啥？"朴一生不服地问。

"朴一生，你装啥好人，这事儿指定有你份儿！瞧瞧你这狗屎名字！你他娘哪一点像个医生？"贾有德啐道。

朴一生最烦别人说他名字，说："我叫朴一生，是一二三四的一，生老病死的生！一生！不是医生！但我是个医生！"

贾有德气乐了，说："就你？还好意思说自己是个医生？你那副下水早就换成狼心狗肺了吧？咱贾家每年照顾你多少买卖，你竟然暗地里鼓动着人来劫我！"

朴一生一仰头，说："贾老爷，要说你照顾我生意啊，那你先把去年治脏病欠我的十八个大洋还我。"

乡亲们全乐了。

彭措大也跟着帮腔，说："我看你就是卖国贼！"

贾有德不懂卖国贼是什么意思，但知道这是比脏话还难听十倍的话，说："大魁！抽他！"

哑巴上去就抽了彭措大一个耳光，还要再打，却被宋烟桥拿住了手臂。

贾有德叫嚣道："我这炮头是哑巴没错儿，但我告诉你，爷们儿他可练过，你别等他发功！你还不撒？哟！你有本事给他胳膊拧折了。”

宋烟桥抓着姜东魁的手腕往后一退，嘎巴一声，胳膊脱臼了。

姜东魁咬了咬牙，没叫疼。

贾有德叫着护院工就要削他。

宋烟桥掏出镜面匣子啪一声枪响，吓得众人四散逃开。

朴一生趁机道：“乡亲们都别跑，你们知道他是谁吗？他就是颜红光！”

宋烟桥一笑，说：“贾大善人，别害怕。我一不强取民财，二不滥杀无辜，行走江湖只为一个义字。现如今国难当头，有钱的出钱，有枪的出枪，有力的出力，是爷儿们就该打鬼子。贾大善人，我得替朴大夫他们给你赔个不是。到你这儿拿东西，没跟你打招呼，有点儿见外了。现在，我颜红光正式向你借枪，并要求你把他们全放了，望你给我个面子。”

贾有德色厉内荏，说：“好你个颜红光！说什么借枪，借？借什么借？要就拿走！咱谁跟谁啊。大魁，放人！”

众人喜上眉梢，宋烟桥跟贾有德借了三条沈阳造和两百发子弹，给游击队员们操练。

同时答应贾有德，等野骡子来了，游击队负责保护贾家大院。

村内空地上，宋烟桥带着游击队员们正在操练。

姜东魁不服气，要来找宋烟桥单挑。

宋烟桥一笑，说：“既然姜东魁兄弟抬举，咱就应酬应酬。这么着，打趴下算输，生死不论。要是我输了……”

姜东魁哼哼一笑，两根手指头做了个下跪的手势，并一脸狰狞朝那两根手指吐口唾沫。唾沫沾在手上，他淡定地往裤腿上蹭蹭。

宋烟桥同意，说："好，我输了，跪你认爷。你输了，就得听我们游击队的。"

众人退开几步，留个空场将两人围在中间。

姜东魁虎视眈眈地看着宋烟桥，突然大喝一声，扑了过来。

宋烟桥闪身让开，没想到姜东魁手一挥，一把石灰粉从他手里撒了出来。

宋烟桥不及避让，鼓气一吹，石灰粉又飘回姜东魁身上。姜东魁想躲，被宋烟桥拉住"啪"地就是一耳光，说："这巴掌因为你不地道！"

姜东魁退后几步，看周围人都看着他……他突然从袖子里拿出一把尖刀，刺向宋烟桥。

宋烟桥空手夺白刃，抓住他的手，一个大背跨就将他放倒在地上。姜东魁一骨碌爬起来，犹豫一下，接着扑上来。

这时，游击队员不干了，纷纷起哄道：

"姜东魁已经输了！""不要脸！"

宋烟桥三拳两脚已将姜东魁打蒙，又是几个耳光。姜东魁晃着脑袋看着宋烟桥，突然哭了。

宋烟桥气定神闲地说道："哦，对不住啊。忘了道上规矩，打人不打脸。"

姜东魁掉头就跑，众人哄堂大笑。众护院炮手都觉得不好意思，偷偷溜走。

朴一生说道："颜指导，这姜东魁是贾有德从吉东请来的炮头。可惜是个哑巴，但他枪法准啊！要不要拉他参加咱队伍？"

宋烟桥摆摆手："算了，你们就够我累的了。来，接着操练。"

练了一段日子。

宋烟桥正跟朴一生说话。

一个游击队员跑来，说：“野骡子来啦！野骡子来啦！”

这一下子，把游击队员全吓跑了。

野骡子挨家挨户收贡品，一个老头没像样的贡品，被野骡子一枪打死。

宋烟桥要去跟他拼命，反而被朴一生从后面打晕在地。

夜里，宋烟桥从炕上醒过来，只说了一句“队伍解散吧”。

队员们一下子慌了神，千求万求，保证下次绝不逃跑，这才把宋烟桥留下。

另一方面，野骡子给烟筒子村插了旗，要贾财主上供两千元。

贾财主无奈，只好把一直惦记自己家财的侄子叫了回来。

第十五章　虎　符

野骡子和几人进村打探情况，不料一个土匪被罗开山一枪打死。

贾有德担心遭到报复，于是跟宋烟桥商量，把罗开山交出去安抚野骡子。

席间，宋烟桥拒绝了他的请求，贾有德立刻叫姜东魁出来要来硬的。

宋烟桥慢悠悠道："老魁，你想想看，你保了贾有德，这全村的人可就遭殃了。野骡子是不会放过他们的，我要是没看错你，你就豁开了跟我干吧。"

姜东魁迈步上前，一枪托将贾有德打晕了，说："老猪腰子！我忍你很久了！"

众人看见姜东魁说了话，都惊呆了。

姜东魁一翻白眼儿，说："你们以为我愿意啊？这个老东西，整天瞎嚷嚷，村里的猪都嫌弃他！我不装哑巴我熬得住吗？我稀得搭理你！这么多年了，我容易吗我！”

姜东魁加入了游击队，跟宋烟桥一道，一举剿灭了野骡子的绺子。

正当游击队欢呼胜利时，贾有德的侄子贾建邦到了。

贾建邦的靖安军已经投降了日本人。

他回来先打死了贾有德，又打死了姜东魁，逼问贾家枪火、银圆到底在哪儿。

朴一生见势不妙，叫宋烟桥先走。

宋烟桥当即拒绝，关键时刻，大蹿儿带着装备前来支援宋烟桥。

游击队员众志成城，剿灭了贾建邦的靖安军。

哈尔滨城郊铁路边，胡子拉碴的赵疯子打死了几个日本人，并且上前收集走了他们的枪支弹药。

赵疯子回到铁路沿线的土窑里，墙上用匕首钉着一张旧报纸，隐约看到“天野联队”“治安清剿功勋卓著”等字样，下面是联队长天野大佐的照片。

赵疯子张扬的行动，引起了万花谷土匪的注意。

大当家的花半开，带着一众兄弟来找赵疯子谈话。

山寨内，二当家的瘸子李，问赵疯子说：“故意留下了脚，引咱来，你想干啥？”

赵疯子豪爽一笑，说：“二十一支三八大盖，四百多发子弹，钢盔二十二顶，还有些鬼子皮（衣服），这投名状够不够量？”

花半开却一笑，告诉他，刚入伙，都得从马夫做起。

赵疯子毫不在意，只要能打鬼子，当什么都行。

镇子上，一行人正在歇脚，一个绺子突然报信说：“当家的招呼，风紧（有敌人），大风（敌人不少）！”

道外小镇上。蹚道儿的绺子全被鬼子杀了。

花半开怀疑是赵疯子引来的，瘸子李劝住了他。

赵疯子冷哼一声，告诉他们自己有办法解决问题，只是要下大血本儿。

小镇外，日军决定夜袭。

赵疯子将物资装备全都留在院子里，同时埋下了无数炸药。

趁着鬼子和二鬼子哄抢银圆时，赵疯子点燃了引线。

霎时间，爆炸的轰隆声不绝于耳。

赵疯子一枪解决一个，加上自己“两秒”（两秒消灭一个人）的威名，竟然一人干掉了一个排。

赵疯子在制高点上调准迫击炮，瘸子李从赵疯子的手法，得知二人是同一种人。

此次战役，土匪们收获颇丰。

赵疯子不居功，把武士刀递给了大当家的，号召大家共同抗日，共同打鬼子。

哈尔滨郊外的山顶上，宋烟桥也盯上了天野联队。

他不打算让舒婕和老冯夫妇碰枪，算上烟筒山的游击队，一共有十来个人。

大蹿儿觉得宋烟桥疯了。

宋烟桥却神秘兮兮地雕了几块木头“虎符”。

宋烟桥的下一个合作目标，就是曾经把岸谷搞得焦头烂额的铃铛队。

原来，铃铛队领头的叫天黑黑，是个性情豪爽的姑娘。

她敬重颜红光，却把捉来的宋烟桥当成了“李鬼”。

正当宋烟桥游说天黑黑时，另一伙绺子双鹰来砸窑，天黑黑丢下宋烟桥，领着兄弟们撤了。

大蹿儿跟宋烟桥一道，落在了好吃人的双鹰兄弟手里。

仓库里挤满了绺子，一个喽啰撤掉了蒙在宋烟桥和大蹿儿眼睛上的黑眼罩。

宋烟桥看见点着篝火、坐了一地的绺子，冲大蹿儿一使眼色，叫他站直了。

宋烟桥求饶，请绺子们小点儿火。绺子们哈哈大笑，又往里面加了不少柴，火光霎时间加大了很多。

等地上的绺子都沉沉睡去，宋烟桥对大蹿儿使个眼色，俩人就地一滚，用火烧开了绳子。

大蹿儿看着倒一地的绺子很奇怪：“咱刚才也在里头，为啥没被熏晕过去？”

宋烟桥淡淡道：“我要你站直记得吗？一氧化碳比空气重。”

宋烟桥径直去找天黑黑，将双鹰兄弟交给她。

天黑黑杀了领头的，问宋烟桥剩下的胁从怎么办。宋烟桥提议，如果自己能打中胁从脑袋顶上的银圆，就放了他们。

十五步开外，手起枪落，一气呵成。

天黑黑算是彻底服了宋烟桥。

宋烟桥递给天黑黑一块“虎符”，让她等自己的号令，又问她借了二十根金条，许诺到时候还二十八根。

天黑黑爽快地同意了，但要宋烟桥陪自己一晚。

宋烟桥不干，天黑黑威逼利诱无效，只好手一挥，说：“还四十根。滚！”

宋烟桥接了箱子，向大蹿儿打个响指，两人扬长而去。

良久，天黑黑身边的老土匪老措凑过来，说：“当家的，你喝醉了。”

天黑黑无语道：“我醉过吗？”

“那你脸怎么红了？”

“……你也滚。”

廊子屯，侯家大宅正堂内。缨娘一袭华美的旗袍坐在侯父腿上，举止亲昵。

侯父紧张得满脸汗水，僵着一动不敢动。

缨娘莺莺细语道：“侯大善人，您行行好，我们全家都指望着您呢。”

侯父吓得结巴道：“女好汉，您行行好，我这一把年纪，经不起您这么折腾。”

缨娘笑意盈盈，说：“那你乖一点嘛，告诉我这两个弟弟，你那成垛的粮食都藏哪儿了？”

“你来了也有些日子。前院后院你比我还熟，我家自己吃粮食也要出去买啊。”

缨娘撩起旗袍的前襟，掏出绑在腿上的盒子炮，用枪管在侯父脖子上摩挲，说道：“那我要是翻腾出来，可是要全拿走喽？”

“真没有，你能找出来的，全拿走。”

缨娘看一眼屋外，示意两个炮头去搜。

另一边儿，侯啸天提着一串山鸡，大摇大摆地走近，看院角上的哨卡无人把守。

侯啸天啐一口痰，说：“猴崽子，让你们伺候老爷子，享着当少爷的福，还不好好看门！老爷子，儿子回来了。”

侯啸天进了正堂，看见缨娘坐在自己爸爸的腿上，哈哈大笑道：“老爷子，你好福气啊。当年留给你的姨太太你一个不要，全都打发了，怎么？终于想明白了。呵，这谁家的姑娘啊，够骚气！哎，下来吧，大白天的不害臊？”

缨娘目不转睛盯着侯啸天。

侯啸天一咧嘴，道：“这小娘子，老爷子可有得受了，人都哪儿去了？王嫂，王嫂，我带了串山鸡飞龙，给老爷子补补身。老爷子，你还好吧？”

侯父被枪顶着后腰，骂道：“好，好个屁！一年不见你回家一趟，回来和老子装孝顺，滚！拿着你的东西滚！”

侯啸天也不搭茬，问缨娘：“姑娘，我咋从没见过你。你是哪户人家的？听说过我侯啸天吗？你可嫁对人家了。”

缨娘起身，枪背在身后，绕着侯啸天边踱步，边调笑道：“可怜我爹娘死得早，流落至此，好在侯老爷心肠好，收留下我。想不到侯老爷命好，还有个孝顺的大小子。”

突然，侯啸天瞥见缨娘后颈一处梅花文身，顿时明白了她的身份。

侯啸天非但没怒，反而打量着缨娘笑了起来。他暗定主意，非娶了缨娘不可。

侯啸天和缨娘动了手，缨娘不敌，被侯啸天把双手锁在身后。

缨娘一怒，娇嗔道：“侯啸天，粮食藏在哪儿？”

侯啸天一笑，道：“叫我一声相公，就告诉你。”

缨娘沉默片刻，嬉笑道："好相公，告诉我，粮食藏在哪儿了？"

侯啸天看看侯父，道："乖媳妇儿，粮食嘛，就在老爷子脖子上的金锁里。"

缨娘把粮食搬出来，告诉侯啸天这算是借的。侯啸天却说，这是自己送给缨娘的彩礼。

房内，侯父埋怨儿子把粮食给了缨娘，侯啸天却说，缨娘顶好几车粮食。

得知老冤家邵熠辉在这片儿替日本人卖命后，侯啸天告诉侯父，趁早跟自己上山吃香的喝辣的去。

侯父一撇嘴，道："我不去。我怕听见打枪。"

侯啸天嘻嘻一笑，道："那我就少打几枪。"

"熊孩子，少忽悠你爹，不去！打死不去！"

第十六章　扩　充

缨娘到了娘子峰，却见侯啸天从林中骑马出来，说："帮我运粮食，娘子辛苦了。"

缨娘哭笑不得，说："你再敢叫我娘子，我阉了你！"

侯啸天继续臭贫，缨娘将他绑上了山。

上山后，缨娘突然发现，山寨里一片喜庆。

原来，侯啸天早就安排好一切，只等跟缨娘入洞房了。

缨娘得知，侯啸天跟自己的姻缘是老寨主定的，加上侯啸天为人胆大机灵，也就半推半就了。洞房里，缨娘告诉侯啸天，以后要跟着自己打鬼子，但不许跟共产党合作。

侯家门外，有人给侯啸天报信，说颜红光的部下求见，原来是朴一生。

侯啸天不屑，叫人先割了朴一生的一只耳朵，才同意见颜红光。

宋烟桥拿着二十根金条去见侯啸天。

山寨里，侯啸天立马认出眼前的颜红光就是宋烟桥，说："你个瘪犊子的！咋是你啊！宋烟桥！"

"宋烟桥就是颜红光，别傻了吧唧的。"宋烟桥淡定地说。

"少扯犊子！我还琢磨呢，颜红光和我没打过交道，咋会找上我的？他妈的来了个李鬼。"

宋烟桥一笑，说："你到底是侯啸天还是侯继福？"

侯啸天一愣，说："侯继福是我原来的名字，我现在叫侯啸天。"

"哦，你不傻啊。颜红光是我原来的名字，认得你的时候我化名宋烟桥。现在要打鬼子了，我换回了老名字，倒倒口，别再叫错了。"

侯啸天刚要发作，宋烟桥抖开了手里的金条，让侯啸天跟自己合作。

一番游说，侯啸天接过了宋烟桥的"虎符"。

哈尔滨街道的一处房屋内。

宋烟桥刮了胡子，卸掉了颜红光的装扮，问大蹿儿："要你查的事，怎么样了？"

大蹿儿答道："再给我三天，舒婕和老冯两口子这些天总打听你。"

冯硕英屋内，丁康过来一同居住，具恩惠翻看了丁康的日记，还翻出了一张舒婕的裸体画……

她把事情告诉了舒婕，而且并不觉自己翻看日记的行为欠妥。

舒婕告诉具恩惠，自己会处理好这件事。

在一番谈话后，丁康发现自己的日记和画被人动过了，他想到是具恩惠偷看了自己的日记。

他烧掉了日记，警告具恩惠，以后不要乱动自己的东西。

另一头，大蹿儿帮宋烟桥打探了黑帮大哥程彬的动静。宋烟桥告诉大蹿儿，程彬是狐狸和狼的杂交，既凶残又狡猾。

酒窖里，程彬跟兄弟们换上了日军的衣服，准备去大干一番。

程彬说话语速慢，但动作风驰电掣，两下便弄好了。

而程彬的弟弟却非常笨，不是扣子歪了，就是绑腿松了。程彬不多话，帮着弟弟穿衣服。好像几十岁的大人照顾几岁的孩子。

程彬弟弟笑得很开心，说："嘿嘿，真像小时候……我知道我是傻子，哥，你们不说我心里也明白的。"

"你好得很，谁嚼舌根子我毙了谁。"

"做完这一票，你能不能回家看看妈妈？"

"……哦。"

"她是咱妈呀，哥，你得去看看她。"

"她都不理我了，但她还是疼你，你该去，好了，出发吧。"

队伍行进到城郊林边。日军军曹高声问道："口令！"

程彬用日语回答："皇居，故乡，国境！"

日军军曹向程彬敬礼，双手递上物资清单，说："松冈中队长，这是物资清单，请验收！"

程彬和蔼地说："作战情报课的那些官僚大人们，真麻烦，为什么口令要三个词？"

日军军曹解释道："提防奸细，这三个词连读，发音很困难，外国人学不像。"

程彬微笑道：“是啊，官僚就是这样一群奇怪的人呢。辛苦了，请你的士兵们集合，我从满洲里带了些清酒。”

日军军曹立刻让士兵列队。哪想到，程彬叫人冲着日军一通扫射，然后收缴了日军的物资。

正在收缴物资时，三名携带重武器的日军出现。

顿时，程彬手下折了七八个。

经过奋力还击，程彬最终获胜。收拾掉残留日军后，程彬走过去，挨个儿把己方的重伤员一个个枪杀。

他发现亲弟弟倒在血泊里，眼巴巴地望着自己，身中两枪……

“怎么偏偏就打中你了呢？”

“我是……我傻瓜呗！”

手下们都看着程彬，不知他会如何处置。

程彬蹲下来，半跪在弟弟面前，抱过他的头。两人额头对着额头，相互凝视。

程彬没说话，弟弟也没有说话。兄弟连心，默契无言。

时间一秒一秒过去……

“只能你去看咱妈了。”弟弟对着哥哥笑了，好像回到了孩童岁月……

程彬起身，对着弟弟的头，利索地开了枪。

程彬一眼都没有再看，冷着脸撤离。突然，他发现漏杀了一个膀大腰圆的壮汉部下。

程彬正要补枪，壮汉赶忙拦住道：“别！我能走！”

壮汉伤得很重，硬撑着爬起来，吐了口血，还硬撑着。壮汉小跑着跟在程彬身边。

“你叫什么？”

“畏大罗，俄国话的意思就是……”

“水桶，跟上。”

街上，小豆子犯事儿被抓，宋烟桥当了毛衣救下了小豆子。

小豆子告诉他，自己知道他不是江洋大盗，但是自己愿意跟宋烟桥一起干。

教堂里，冯超告诉宋烟桥，颜红光联系了他，还让他联系宋烟桥。

宋烟桥心情很复杂，因为冯超不知道，自己就是颜红光。

宋烟桥依照方式，与颜红光取得联系，发现对方竟是老赵。

老赵邀请宋烟桥，跟自己一起打天野联队，宋烟桥答应了。

咖啡馆里，宋烟桥得知，岸谷经常单独请舒婕吃饭。

他意识到，岸谷对舒婕有一种异样的爱慕之情，他要求舒婕随时做好撤离准备。

程彬处，日本特使前来招安程彬。

程彬阴阳怪气，用扑克进行占卜，把日本特使气得够呛。

这时，畏大罗大声告诉程彬，颜红光求见。

程彬一笑，道：“哦，这个人名号我是知道的，既然是谈判，就得谈嘛，做买卖还货比三家呢，请颜红光。”

宋烟桥、日本特使和程彬三人站在一起，气氛有些紧张。

突然，宋烟桥从站在一旁的畏大罗腰间枪套里拔了手枪，一枪把特使杀了。

与此同时，程彬早已掏枪对准了宋烟桥。也在瞬息间，宋烟桥将枪还进了畏大罗的枪套里。

“够快的，丘八出身？报个番号？”程彬说道。

“你也不慢。”宋烟桥盯着程彬。

“赌命？”

“是，也不完全是。”

“你怎么知道我不会开枪杀你呢？”

“我杀了他。你已多了个敌人，再杀我，又多了一群敌人，那你就亏了。”

“道上传闻，颜红光人如其名，光明磊落！没想到你心里够阴暗的啊！”

宋烟桥拿了程彬那副扑克，一打量，便知是副老千的专用牌，说：“跟我合伙儿干，黑桃、草花 K；不是，你现在就杀我。”

宋烟桥随意地洗了几下牌，往桌上一抹摊开，背面朝下。他看似随手抽了两张，示意程彬翻过来看。

程彬一眼也看出了宋烟桥是行家，笑着摇摇头，说：“你有点邪性，我挺感兴趣。”

畏大罗狐疑地翻过宋烟桥抽的那两张牌，还真是一张黑桃 K，一张草花 K。

程彬收下了宋烟桥的“虎符”。

冯硕英处，宋烟桥告诉大家说：“颜红光需要我们尽力搞清天野联队的动向。这股小鬼子专负责治安战，神出鬼没的。上级根据舒婕同志搜集的情报，做了大量的工作，还是无法做确切判断。上级能肯定的是 T9 和 F6，它们分别是天野联队和栗田大队的代号。”

“但不知道哪个是哪个？”舒婕说道。

“这就是麻烦所在，不能两个都打。颜红光认为，一是栗田大队没有必要打。二是本来他的兵力就很缺，所以我们得帮他确认，T9和F6哪个才是天野联队。一旦确定了，天野的动向就清楚了。”

舒婕思索了片刻，说：“……我有办法，让你那个计划的环节变少。”

舒婕越想越有信心了，露出了坏坏的笑容。

第十七章　行　动

办公厅内，岸谷截获了一封地下党情报。

岸谷立刻向石川报告，同时建议石川，不要搜捕三号台，放长线，钓大鱼。

石川请他细说。

岸谷解释道：“佯装没截获这则情报，暗中派出特高课密侦潜伏在栗田大队，负责情报侦察。同时，命令栗田治三郎，全大队戒备，外松内紧，等中共游击队钻进去。”

舒婕的抄写办公室里，一个便衣特务路过，发现舒婕正在偷懒，于是走进来，说：“你很闲嘛，优先这个，抄写 13 份。”

舒婕开始抄写情报，发现情报里出现了大量的 F6 字样。

回到家，舒婕打电话，说：“喂，请接杰瑞洗衣店……朴老板……好什么好？晚上不好！我是舒婕女士！我的衣服你们什么时候能洗好？我什么时候能取？……我不想听解释……我很生气。星期六，要是星期六还不给我送来怎么办？好！再信你一次，再见！”

原来，星期六就是“F6是错误目标”的意思。

监听的岸谷摘下耳机，在记录簿上写下“舒婕脾气暴躁？”的字样。

然后想了想，用橡皮擦掉了这行字，脸上竟然露出了一丝温柔的笑容。

天黑黑、程彬、侯啸天分别收到了颜红光的“虎符”，聚到了宋烟桥处。

烟筒山村的贾家大院正堂内，大蹿儿双手捂脸，尴尬得快要哭了。

三伙人全都喝得脸红脖子粗，桌子上一片狼藉。侯啸天和程彬额头碰额头，相互逼视，谁都不说话。缨娘和天黑黑相互扯着衣服，破口大骂，眼见着就要动手。

畏大罗和老措一人一个算盘，讨价还价。

原来，谈判从中午持续到了深夜。

宋烟桥很烦躁，只好出门跑步静静心。

过了一会儿，身着短衣，身材性感的天黑黑跟了上来，似笑非笑地盯着宋烟桥。

不多时，侯啸天和程彬也来了。

天黑黑笑着对宋烟桥说：“都是爽快人，我和侯老大各三，程老板四。四、三、三，正好分完。”

宋烟桥一脸黑线，问：“都分完了？那我呢？”

高地，这里只有宋烟桥和大蹿儿两个人。

宋烟桥正在用望远镜观察地形。

苇子沟入口，赵疯子和冯超的部下在这里伏击。

赵疯子拿着望远镜观察并喊道："来了，天野联队。"

岸谷和天野骑在马上。天野是联队长，大佐军衔。

"大佐阁下，我不是文职，不需要您特意安排十名士兵保护。"岸谷说道。

"岸谷君，你肩膀上的少将军衔，会使你变成一切反日游击队的目标。"

"我不喜欢这个地方，天黑芦苇高，很容易遭到游击队的伏击。"

"自从'满洲国'建立，您听说过有任何游击队，敢袭击一个整编联队吗？我们已经进入苇子沟二十分钟，如果真有零星反日武装，他们早就发动进攻了，可是有吗？"天野自傲道。

苇子沟外，侯啸天感慨自己是后娘养的。

缨娘奇怪问道："颜红光不是说了吗？咱们负责兜底，鬼子撤退时肯定从咱这儿走。咱只当是割麦子，杀得越多，赚得越多啊，咋就成后娘养的了？"

侯啸天一咧嘴，说："你真是个实诚人，突围的鬼子都是活人，是从活人身上抢容易？还是死伤的！咱在这儿傻兮兮地挣辛苦钱，程彬和司令那小姘头早把战场打扫干净了！"

缨娘猛地一拍大腿，恍然。

侯啸天幽幽地说："我没那么二，他颜红光有他的张良计，我侯啸天有我的过墙梯，一会儿听我的，吃不了亏。"

程彬处，畏大罗问道："老板，侯啸天的人兜底，颜红光他们在高处，黑黑小姐负责游击，为什么就咱们蹲在离鬼子最近的地方？"

程彬告诉他，打仗要用脑子。

枪声响起。

“报告！隘口处遭到爆破！小泽中队遭遇不明数量敌军阻击，无法突破。”通信兵前来报告。

岸谷和天野顿时大惊。

天野叫小泽中队不要管后方，直接突围。

“为什么没听见重武器的声音呢？”岸谷心想。

天黑黑扔光了手里的手榴弹，开始扔燃烧瓶。

燃烧瓶扔到的地方，便是标记纵火点。

程彬等人离开最初埋伏的位置，纷纷点燃了火，烧向芦苇。

宋烟桥一笑，说：“这道菜，就叫红烧天野。”

畏大罗对程彬说：“这火烧的！成白天了，上来了！鬼子的敢死队！”

“看到那棵粗树了吗？火力压制！杀不杀无所谓，把鬼子赶走！”

程彬带领手下用冲锋枪形成短暂火力压制……

畏大罗突然说：“鬼子往东侧去了！”

程彬告诉他：“这就对了，赶到侯啸天那儿去，这样咱们可以节约弹药。先生们，缩着点儿，去山谷入口。”

畏大罗疑惑道：“那边烧着呢！”

程彬一笑，说：“饭桶啊饭桶！风是从北往南吹的，你跟着火的屁股走，烧不着你！抢战利品去呀！”

众人恍然大悟，程彬把鬼子赶到侯啸天处，侯啸天直接逃跑了。

岸谷在自己和小股日军周围做了个防火带，宋烟桥打算亲自过去消灭他们，却不料，突然下起了雨！

一场暴雨浇灭了大火，虽说就只下了十分钟。

劫后余生的岸谷带领众日军，要跟宋烟桥拼个你死我活！

一场战斗下来，三千多名日军，只活下来一千多人。

侯啸天逃跑了，却抢了很多物资，天黑黑正在给死去的兄弟们烧纸钱。

赵疯子来跟宋烟桥告别，并告诉他，因为自己抢了冯超的战利品，把冯超气走了。

宋烟桥一笑，说："这一走，真不知道啥时候再见面……心同此心！只待渡尽劫波吧。"

两人干净利落地击掌告别。

"珍重！"

"再会！"

宋烟桥要走，天黑黑突然拦住了他。

天黑黑突然翻身下马，竟然拜倒，她带领的老措和匪徒们也跟着拜倒。

"我和我的弟兄们跟你了，你收不收？"天黑黑倔强地道。

宋烟桥下马扶起天黑黑，告诉她，从今天开始，自己就是她的最后一颗子弹。

警察厅办公室。

横烟喝着茶，对岸谷说道："此刻我是老师呢，还是您的部下？"

岸谷说："您永远是我的老师。"

"那我就说几句朋友间的话了，颜红光不再是捣乱分子了，他成了战争明星。你看看！美国人、英国人、俄国人……更可气的还有德国人！他们都在夸他。”

“今日世界之星是吗？”岸谷喃喃道。

“不得不遗憾地承认，是这样。”

岸谷愤然道：“他侮辱了我的荣誉感。”

哈尔滨工业大学的咖啡馆内，岸谷把一盒礼物放在薛唯方面前。

薛唯方答应在报纸上写一篇贬损颜红光的报道。

另一边，宋烟桥明知侯啸天抢了物资还临阵脱逃，却依旧给了他一箱子弹药，这让侯啸天有些讶异。

天黑黑和缨娘被分配到同一个屋子，俩人一言不合，又要开吵。

天黑黑顾及自己义勇军的身份，也没跟她争执，气得跑出来抽烟叶子。

宋烟桥见状，问她：“你真不知道侯啸天的婆娘为啥膈应你？”

天黑黑说道：“欠抽呗。”

“你比她长得俊，女人都这样。”宋烟桥说。

“我真的比她俊？”

“是的。”

天黑黑一屁股坐在地上，说：“行了，我气消了。”

另一方面，侯啸天自觉欠了朴一生一只耳朵，左右不舒服。于是叫手下去买个猪耳朵，顺便看看程彬的人回来了没有。

第十八章　兄　弟

靖安军仓库外，侯啸天和缨娘干掉了靖安军的岗哨。

邵熠辉军营的办公室里，富丽堂皇。就在刚才，他接到了岸谷传达的剿灭侯啸天的指示。

程彬率部下穿行在林间，正碰上去找颜红光讨说法的老乡。

程彬问出了什么事。

村长说："颜红光的人糟蹋咱村黄花大闺女，这事儿你管得了吗？"

程彬说："见着人，能认出来吗？"

"能！对了，那两个家伙走的时候，还抢了我家一包猪耳朵。"

"这样，帮我买瓶烧刀子，一包黑鬼烟，二两猪头肉，这事儿我帮你办了。"

"这是干啥？你帮咱村除害，我不要你钱。"

"别问，买了东西，带上，跟我走。"程彬淡淡道。

程彬回山，罗开山冲他跑来，说："程大哥，你可算回来了。有两个家伙，我站岗的时候回来的，盘问过。说是侯大当家让去买猪耳朵。他俩还真是拎着包猪耳朵回来的。"

程彬和村长对视一眼，说："小罗呀，你去把他俩请到我屋里去。我跟他们说点事儿。"

屋内，程彬好酒好肉好烟地伺候二人吃下，一枪一个打死了俩土匪。

屋外，畏大罗也缴了侯啸天的枪。

宋烟桥直皱眉，他让天黑黑在外面看着人，自己去屋里跟程彬唠了起来。

程彬在宋烟桥的分析下，承认自己对侯啸天有些过分，但也忍不住辩白道：

"司令，大哥！这话说得就不对了吧。我跟你，一家人，一家人没啥事解决不了的。我听你的就是，他侯啸天，跟咱不是一家人。这问题要谈，得他站在这儿，咱三个人来谈。"

宋烟桥说道："好，你这么说了，那我信你。等老侯回来，咱再谈。他那些个部下……捆着吧。来了我的队伍，就是我的兵，有啥事儿，我都得兜着，我让大蹿儿去把侯啸天找回来。"

林间，侯啸天、缨娘抬着战利品，一路兴高采烈地回了烟筒山。

一个土匪踉跄出现，喊道："当家的，不好了，出事儿了。"

"程彬毙了咱两个兄弟。"

"哪两个？为啥毙的？"

"你派去买猪耳朵的那俩，在村里弄了人家黄花闺女。"

"两个没用的东西，要玩女人……去抢日本女人玩啊！毙得好！”

“但是，程彬带人把咱们兄弟枪全缴了，捆起来，吹老北风呢！我磨断了绳子悄悄逃出来的。”

这下子，侯啸天和缨娘怒了。

侯啸天问道：“颜红光回没回烟筒山。”

“回了。”

“他没管？还是他不知道？”

“横竖他就看着，没管。”

“哦，我知道了，他好歹把咱的人放了，说了程彬几句，做做样子，对吧？嗨！我知道他那家伙，以前就这样，爱装大尾巴狼。”

“没放！还绑着呢！”

“啥？”这下侯啸天气炸了。

一边儿，早就受不了疾苦的缨娘，开始鼓动着侯啸天离开共产党。

侯啸天没搭话。

“当家的，不好了，邵熠辉上山打我们的寨子，寨子已经被围死了。”又一个土匪跑来通知侯啸天。

“奶奶的，都他妈的算计老子。丢点儿人马还有翻身的机会，丢了寨子就屁毛没有了。把子弹都装满了，其他的先撂一边儿，我们回去打他邵熠辉狗日的。”侯啸天满眼杀气，抬脚就走。

这边，宋烟桥派去找侯啸天的大蹿儿还没回去。

宋烟桥估摸着侯啸天要出事儿，叫天黑黑也带人去看看。

正说着，大蹿儿回来了，他告诉宋烟桥，邵熠辉正在攻打侯啸天的山寨。

宋烟桥看着地图，立马意识到侯啸天掉入邵熠辉的口袋阵里了。

他告诉天黑黑，要点齐人马，打邵熠辉，救侯啸天。

山寨下，宋烟桥一枪打退了邵熠辉，将一行人压制在指挥所内。

而义勇军的营地里，程彬告诉天黑黑，司令撑不了多久，他要去救司令。

天黑黑无语，道："哪他妈有这么打的？你自个儿往套里钻啊？"

程彬手一挥，道："你以为老子是为了侯啸天？我是为了司令！要么就不打！要打就要打漂亮了！快去！"

天黑黑翻身上马，马鞭一挥，照着上阳坡阵地驰去。

上阳坡，大蹿儿看宋烟桥得手，拽住侯啸天叫他撤。

侯啸天不愿欠宋烟桥和程彬的人情，死活不撤。

程彬摸上来，一枪解决了一个鬼子。

侯啸天喜笑颜开，道："那家伙挺能打的，天太黑了看不清，那谁啊？"

"程彬。"大蹿儿回答。

侯啸天立马拉下了脸。

程彬上来，见侯啸天要脾气不走，立马叫几个战士把侯啸天捆了。

缨娘举枪要打。

被大蹿儿按住，问："你想他死还是活？"

缨娘怔了怔，把枪收了。

侯啸天大吼："你们这帮兔崽子，你们想干吗？媳妇儿，你胳膊肘往哪儿拐？你们……"

程彬不耐烦地说："少在那叫唤，为了救你这么个货，司令被敌人围了，现在是生是死都不知道！你要是个带把的就他妈给我安生点儿！”

侯啸天怔了半晌，被抬下了山。

宋烟桥几人，被邵熠辉和靖安军逼到土崖边。

宋烟桥跳了下去，沿着路狂奔，路的另一侧，林子里突然蹿出一骑人马来。原来是天黑黑。

天黑黑救下宋烟桥，二人绝尘而去。

警察办公厅，岸谷道破邵熠辉的商人心思，邵熠辉了然自己的部队中有特务机关的人。

邵熠辉似笑非笑地向岸谷做了保证。

岸谷厌恶地自语道：“非我族类，其心必异啊。”

烟筒山上，侯啸天埋怨缨娘把自己带回了山。

正说着，宋烟桥背着天黑黑，大步流星地走了回来。天黑黑的腿上中弹，右腿全是血，面色苍白已经昏迷。

朴一生看着天黑黑的腿直摇头，说要截肢。

缨娘犹豫了一下，说自己有个土方子。

程彬阴阳怪气道：“本来是少条腿，好歹有条命。咱这小地方，就朴大夫医术最好了，跟你比不了。你这绺子神医一出手，没准儿命都治没了，还是不劳烦您了吧。”

“程老板，你少他妈阴阳怪气膈应人！要是救坏了，我这条命赔给黑黑姑娘！”

“那哪儿敢啊？您多金贵啊，生得跟天仙儿似的，您还是别忽悠咱了成吗？”

天黑黑手一挥：“别吵了！缨娘，我信你！”

缨娘双目含泪，抓住天黑黑的手，说：“姐！我跟老侯对不起你！”

贾家大院正堂。

缨娘正将一些叶子放进嘴里咀嚼，嚼成渣，然后连汁吐在碗中。

然后，缨娘一把匕首插桌上，说：“土方子，出了事，我赔命。”

朴一生割开天黑黑腿上皮肤……火钳子和镊子伸进伤口，滚烫的金属烧灼皮肤发出滋滋声，烟雾中夹杂着血腥臭气。

“咣当”一声，带血的弹头取出，落在碗中。

缨娘连忙用自制的草药敷天黑黑的伤口上。

屋子内，宋烟桥在程彬和侯啸天前面摆了两碗酒。

看在宋烟桥面子上，两人干了酒，算是和好如初。

公园长椅上，宋烟桥和薛唯方见了面。宋烟桥先开了口：“好久不见。薛教授您气色不错，胖了。”

薛唯方不满地道：“我可不想见你，你不是话不投机半句多吗？”

宋烟桥告诉薛唯方，他批判颜红光的文章是不对的，他说，薛唯方已经越来越像个汉奸。

“‘爱国贼’最爱给人戴的帽子就是汉奸，我不在乎。历史的发展总会走一些弯路，总会有一些事不尽如人意。目前看来，相比‘爱国贼’们，日本人更能帮助中国变好。”薛唯方诡辩道。

“您已经决定做一条狗了，是这样吗？”

“放肆！有辱斯文！”

“你拿日本人的钱，给他们写文章，知道这是什么性质吗？”

“当汉奸？可怜！”宋烟桥起身，冷笑着离去了。

林间，赵疯子带着战士们向北方的山高林密之地前行。原来，他打算往野人部落的老地盘发展。

山顶上，宋烟桥对大蹿儿说道：“一个颜红光撒疯惹祸了，另一个得管啊。那家伙进了兴安岭，鬼子汉奸山林队，他全不放过一股脑全打！得！被人赶走了吧。”

大蹿儿摇摇头，道：“我不信他敢进野林子里。”

“那瘪犊子这辈子是野定了，没人管得了。我是去帮他把屁股坐稳了！老赵是我兄弟，兄弟有麻烦，我就得上！走！”宋烟桥一声清啸，拍马疾行。

鄂伦春地区，赵疯子瞧见几个身穿白色毛皮的猎人，警告战士们不许打扰。

东兴车站，赵疯子发现几个死了的靖安军，是被神枪手打死的。

赵疯子告诉战士们，在这片林子里，这些鄂伦春的猎人就是主宰。

野人部落里。“猎人部落的兄弟们！我们是抗日义勇军，我叫颜红光！头前儿借贵宝地过路，我颜红光有眼不识泰山。今儿个专程来请山上的兄弟说话。”赵疯子拿出那带口袋的兽皮，用匕首钉在树干上。

“皮囊哪儿来的？”树林深处，老猎人滕波问道。

“东兴车站！我听说你们从不主动下山动手。”

“日子变了，不是吗？”

“敢不敢跟我们再干一次。”赵疯子瞧了滕波一眼。

“鬼子会加强守卫，兵力会比上一次多得多。”

滕波想了想，说：“我会给你个回话。”

林子里，赵疯子已经等了半个月，还是没人给他回话。

一名战士飞奔而来，说：“来了，来了！是鬼子来了，就在山坡下，是巡逻队，要打吗？”

赵疯子坏笑一下，说：“大当家的，你带着尖刀组，与敌接触，边打边退，把他们往逊河达林子里引。”

花半开奇怪道：“小菜一碟，问题是，逊河达林子不正好是那些猎人的地盘儿吗？”

“就是要把屎抹到他们身上，让他们洗不干净！”

果然，滕波在林子边儿，被迫跟赵疯子联手消灭了鬼子。

赵疯子再次提出合作。滕波摇摇头，说：“我说了不算，但我答应你，会禀报佐领，等着吧。”

赵疯子微笑着摆了摆手：“好！”

撮罗子里，鄂伦春族人的佐领正在跟鄂伦春族人里的叛徒凤山谈判。

打发走了凤山，佐领让赵疯子进来。

赵疯子看佐领有些奇怪，但也没有说破：“尊敬的佐领，我能不能向您讨杯酒喝。”

佐领把酒递给他。

赵疯子说道：“祝愿咱们合作成功，这杯酒……就先敬给山神吧。”

赵疯子突然将酒泼入了火塘，火焰一纵，烧向佐领！

佐领猝不及防，慌忙中，遮面的狼牙帽被赵疯子扯落……

火光中，赵疯子看到了一张脸——冯超！

“冯超？冯超！”

“赵疯子，我早料到你会瞎整乱来，可真没想到你能踢蹬得这么快。”

“你还抗不抗日？”

“有我冯超一天，就会抗日到底。”

“你的人呢？”

“殉国了。”

沉默良久。

“赵疯子，车站里的金子归我们。”

“好，那其他的东西，就是我们的。”

跟冯超谈好了条件的赵疯子，在林间却遇到大股猎人和日军。战士们伤亡惨重。

“日娘的冯超！竟然跟鬼子勾结起来了？”赵疯子心里又是疑惑又是气愤。

混战中，大当家的花半开被日本人抓走了。

东兴小站地下室里。宋烟桥和大蹿儿镇定地走进来，都穿着黑色的中山装，一副文职人员打扮。

“浑蛋！抓了俘虏为什么不向我们汇报？”宋烟桥用日语骂道。

“特高课的人，不要插手我的事。”日军情报官回答。

宋烟桥和大蹿儿缓缓走近，两人突然动手，三下五除二将这两个日本人拗断了脖子。

“看来我来得不早也不晚。”宋烟桥笑意盈盈道。

冯超处，赵疯子正在向他讨说法。

冯超叹口气，对赵疯子解释道：“这里原先是两族人联盟的，一支叫逊河达，还有一支，叫乌力河。一年前，乌力河部落的长老凤山贪图鬼子的钱和酒，要带着部落下山。当时的老佐领打了他五十鞭，赶他下山。没想到他偷偷跑了回来，叛变，杀了老佐领，带着乌力河部投奔了鬼子。从那以后，联盟就一分为二了。带着鬼子杀你们人的，就是凤山！”

赵疯子突然打了冯超一拳，质问道：“为啥？为啥不把事儿告诉我？让我的兄弟白死！你他娘的还给老子演圣人！二十多条人命啊，不是你害的，也是你耽误的！”

宋烟桥带着花半开赶来，制止了二人的争斗。

宋烟桥制订了一个计划，决定要先杀凤山，让鄂伦春族人早日团结统一。

凤山营地，“老弟啊，你这个人是不错的。可我有个啥办法，你们连日本人都打，这让我有个啥办法。”凤山醉醺醺道。

“不管咋说，都是同族兄弟，你把枪口对着跟你一起长大的弟兄，你心里踏实吗？”

“你知道个啥，你冯超再好，那你也是个外人。老佐领当初是打算把位子传给我的，要不是我爱喝酒，你能当上这个佐领？”

“我也爱喝啊，那起根儿上说，还是我比你酒量好，来！”

滕波在一旁默然不语，观察着冯超的举动。

席间，日本联络兵来找凤山，说颜红光偷袭日军基地。凤山二话不说就要去杀了颜红光。冯超一枪打死了凤山，而凤山手下的猎人们，却没有对凤山开枪。

宋烟桥一伙偷袭了日军基地，花半开牺牲。

看着统一的鄂伦春族人和赵疯子，宋烟桥感慨万千。

第十九章　钓　鱼

晚上，岸谷拒绝了跟里惠子和舒婕一起吃饭，匆匆外出办公。

里惠子知道岸谷去了酒吧，有些担心。

舒婕趁机打探道：“啧啧，去哪个酒吧？我替你号号脉。”

“是上司叫他去的，叫什么……玛申卡？”

舒婕心里一顿，说：“哦，那酒吧乐队不错，妞儿不行，放心。”

舒婕告诉里惠子，自己要回家拿瓶辣椒油。

到了家里，她赶紧打了电话：“接马拉柳莎时装……您好，我是 Miss 舒，请问我的手包什么时候能拿？……礼拜天哪有空，多少人候着约我，你居然让我候着！好吧好吧，礼拜六就礼拜六吧，就这样！”

舒婕一边打电话，一边用手指在话筒上敲击摩尔斯码：玛申卡，包瑞斯有危险。

舒婕挂了电话，拿起餐桌上的辣椒油瓶，离开。

街巷，阵阵枪声传来。

大蹿儿对宋烟桥说道："晚来一步！包瑞斯还困在酒吧里。"

"我引开人，你去找他，掩护撤离！"宋烟桥冲进枪林弹雨。

废弃仓库，宋烟桥正在为包瑞斯检查腹部伤口。

包瑞斯浑身是血，已是重伤。

他在弥留之际，告诉宋烟桥，说："我隶属苏联远东情报局，少校情报官，日本人……要大规模围剿……抗联……"

宋烟桥家，宋烟桥、大蹿儿和舒婕，为包瑞斯的死亡深感痛心。

舒婕说道："本月十五日上午，关东军司令部会召开作战会议。会只开一天，但由于抄写量大，我们会住在司令部，封闭工作五天。开会当日，中午有一个半小时休息时间，这一个半小时，作战计划由战略参谋随身保管。如果想盗取情报，只能抓住这个时间。"

大蹿儿想了想，说："也就是说，要在这一个半小时之内，把原件偷到手，带出关东军司令部，完成复制之后，再按时送回去。困难，时间太紧了。"

舒婕苦思冥想，突然有了灵感。宋烟桥同时也默契地来了灵感。

二人对视，宋烟桥摇了摇头，说："不行，有风险。"

"邵熠辉那天也在司令部。他一贯的做派，瞧不上机关食堂，从来不在那儿吃午饭，所以他中午会出去下馆子。到时候我可以拦他的车，请他帮个忙，把我的大衣捎去杰瑞洗衣店。"

"你别忘了，邵熠辉在沈阳见过你。"

"他见过的姑娘多了去了，再说我没那么笨，当年见他的时候，我也化了妆的，女人嘛，换个妆容，等于换了张脸。这么多年过去，我不信他还能认出来。”

宋烟桥拿来一只玻璃广口瓶，他把里面的催眠药粉，分别倒在两张黄纸上，包起来。

“多带一包，以备不时之需。”

警察厅内，搞到情报的舒婕把情报放到大衣里匆匆离去。正走到楼梯拐角要下楼，却只见岸谷上楼来了。原来，里惠子要把岸谷的西装带去干洗。

舒婕灵机一动，说：“真是谢天谢地，这几天脱不开身，我正愁大衣没法洗呢。里惠子，能帮我把大衣送到杰瑞洗衣店吗？钱从我账上扣。”

“不用花自己的钱吧，总部旅馆也有洗衣房。”岸谷说道。

里惠子笑了，说：“雄一君，这你就不懂了。舒小姐的大衣是双面羊毛料，很贵的，一定得去外面干洗才行呢。”

舒婕交代里惠子，说：“我在干洗店还有一件大衣，能麻烦你帮我拿回来吗？”

里惠子笑着答应了。

杰瑞洗衣店内，宋烟桥和老水夫妇把情报拍照，又将情报原封不动地放进另一件大衣里，交给里惠子。

关东军司令部休息室，被舒婕下了催眠药的情报参谋从桌上醒来，他迷迷糊糊看到表针已经接近一点半，腾地站起来，立刻打开皮箱，确认文件。箱子里文件都在。

参谋放了心，提着文件去开会。

宋烟桥把情报交给大蹿儿，说：“包瑞斯用命换的，副本照旧送出，要让抗联尽快掌握这份情报。”

邵熠辉处，围剿的日本士兵丢了饭盒，正在用手抓饭吃。

邵熠辉看见，担心行踪暴露，给了日本士兵一巴掌。一时间，中国士兵与日本士兵闹起事儿来。

岸谷处，日本人找他评理。

岸谷先是打了丢饭盒的日本士兵一巴掌，接着又打了邵熠辉。

他警告邵熠辉，不要动什么歪心思。邵熠辉暗暗怀恨在心。

溪边，三个邵旅的靖安军巡逻兵在喝水。

缨娘抬手给了侯啸天一拳，侯啸天鼻血长流。

缨娘一笑。

侯啸天会意，哇哇大叫着从林子里跑出来了，滑稽狼狈。

靖安军举枪警戒。却看见缨娘举着鞭子追出来，边打边骂："你个狗操的，没良心的负心汉！收了彩礼就不要我了！"

"你那么砢碜，我消受不起！别打，再打我反手削你啊！我已经两房媳妇儿了，再收你，养不起！"

"那你那晚干啥把灯吹了！你干啥碰我！骗我，还说你稀罕我！"

缨娘追着侯啸天就往几个靖安军这边过来。

侯啸天抱住一个靖安军大腿，说："军爷！军爷你救救我，这婆娘失心疯了！"

几个靖安军要把侯啸天扯开，但侯啸天紧紧地抱住了一个靖安军的大腿，扯不动。

缨娘追到跟前，说："看什么看！臭当兵的，想睡老娘？"

缨娘侧身之际，藏在夹袄腰带上的盒子枪露出了枪柄。

几个靖安军脸色一变，举枪拉栓，但已经晚了。

侯啸天和缨娘出手敏捷，匕首亮出来，把靖安军抹了脖子，但留了个活口。

宋烟桥审问完俘虏，对侯啸天两口子说："你俩干得不赖！俘虏全交代了。来的就是岸谷和邵熠辉的联合讨伐队，人数可不少。"

程彬建议用重武器打，侯啸天不干，建议用游击队的打法。

宋烟桥一笑，说："程彬，你带上全部重武器，弹药补给、伤员物资，往北走。一直往北，不要停下来。会合地点是九曲山。你的任务就是转移，记住，不论发生什么，不要停，一直走。侯啸天你带上你的大队，我再把天黑黑的侦察连给你，最好的轻武器全配给你。你们的任务是，二道岗伏击。记住，邵熠辉和岸谷都不是善茬，很狡猾，一定要全部进了包围圈再动手，不然你们会陷入被动。会合地点也是九曲山。"

安排完毕，宋烟桥打算用自己，也就是颜红光当诱饵。

小镇内，屋里，刚被颜红光吓唬了一番的靖安军营长举棋不定。

一方面，他害怕颜红光的名号，另一方面，他又害怕日本人。

突然，靖安军营长说道："岸谷太君和邵旅不是在山里吗？给他们发报，请求增援。就说，颜红光亲自带人攻城，有一个营，哦不，应该有差不多一个团！就这么说！"

夜里，岸谷接到了靖安军营长的报告。

岸谷知道靖安军营长在夸大事实。但是，他愿意为了颜红光三个字赌一把。

邵熠辉跟岸谷不对付，悄悄带了一队人马，在清泉岭设伏。

大蹿儿对宋烟桥笑道："邵熠辉的人果然追上来了。我只看到一部分，大概有一个排。还好，他们的脚程没咱利索，足够咱们建立伏击阵地了。"

"咱不上清泉岭。我留下痕迹让他发现，这就像钓鱼，钓者和鱼都知道那是圈套，但鱼还是迎着钩过来了，为啥？他根本就不会进入伏击圈，我也不指望在清泉岭伏击他。如果我是他，就会绕过正面，从岭子的反斜面上去，包围咱们。"

中计的邵熠辉跟在宋烟桥的屁股后面走着，却不知自己才是被包了饺子的那个。

林子里，被宋烟桥遛着走的邵熠辉不怒反笑。

"又往南去了！南边是平原，他跑出林子是要找削吗？"副官说道。

邵熠辉一撇嘴，道："我担心的就是，等咱追上去，又被莫名其妙打个伏击。刚要还手，他妈的颜红光又改了方向！"

"您这么一说，我觉得像遛狗。"副官说完，就挨了邵熠辉一巴掌。

副官让邵熠辉跟岸谷长官说一声。

邵熠辉不屑道："说个屁！"

另一边，侯啸天没有遵守规定，率先开了枪，打死了假扮岸谷的日军军曹。

霎时间，侯啸天一行人中了日本人的埋伏圈。

"你打死的是个假货，真货带着突击队从后面摸上来了，机枪阵地丢了。"缨娘说道。

侯啸天与天黑黑赶紧向东突围。

侯啸天看着乌压压的日军，心生感慨。

他叫过缨娘："别回来！走！麻溜儿的！现在就走！"

缨娘含泪凝望……

侯啸天一推她，骂道："晚了就来不及了，滚啊！"

"好。我找到司令，就回来陪你。"终于，缨娘转过身，头也不回地走了。

第二十章 暴 露

缨娘找到宋烟桥，宋烟桥却告诉她，自己要回去救老侯。

阵地上，侯啸天看见折返的缨娘和宋烟桥等人，又惊又喜，五味杂陈。

夜里，下着蒙蒙细雨。宋烟桥召集所有指挥员开会，说："天亮前突围。"

所有人都怔住了。

侯啸天不解，这跟宋烟桥之前教给自己的战术根本不符！宋烟桥却神秘一笑。

日军阵地，岸谷不停接到阵地乱套的消息。

邵熠辉的军队联系不上，电报班也失踪了。

大蹿儿还在吹着冲锋号。一时间，岸谷摸不清发动突袭的究竟有多少人。

黎明，一夜厮杀过后，血红的朝阳，战场上硝烟未散。

日军打扫战场，岸谷望着一地的尸体兀自出神。

九曲山抗联密营，侯啸天当着大伙儿的面，赤裸上身，背上背着一大捆干柴枝子大步走进山洞："我侯啸天负荆请罪来了！"

宋烟桥让他起来，侯啸天心里难受："我没听命令，提前开了枪，害死那么多兄弟，我有错。"

宋烟桥拿来两碗酒，一笑："胜败乃兵家常事，你坚守阵地，为大局考虑拒不求援，是爷们儿！这次咱们捅疼了岸谷和邵熠辉那俩狗儿子，你功大于过。这一碗，是你的庆功酒，大伙儿一起！干！"

阵地上一片喜气洋洋的气氛。

宋烟桥转身，又拿了两碗，走到侯啸天面前："第二碗，算是饯行酒。"

众人脸色一变。

"司令你撵我走？"侯啸天疑惑。

"不是撵你，用军事术语来说，是战略分兵。今年是个少见的冷冬，我估计到了九月里江水就会结冰。叶子落了，青纱帐就没了。咱们的队伍太集中，容易被日本人的飞机发现。"宋烟桥解释道。

程彬递给宋烟桥一袋烟土。宋烟桥把烟土交给侯啸天，说："大烟这种东西，要戒很难。我知道一个人，他的名字叫朱德。在遥远的地方，红军战士们叫他朱老总。他从前当军阀的时候，也抽大烟，为了戒烟，他把自己锁在船舱里。那些夜晚很难熬，但他挺住了，说戒就戒了。朱老总是个真正的爷们儿！"

侯啸天接过烟土，百感交集。他告诉宋烟桥，自己不走，要跟宋烟桥生死与共。

警察办公厅里，岸谷眉头深锁，问道："太巧了不是吗？刚好赶在我们发动清剿之前，不早不晚，不长不短，每一招每一式都像是精密计算过一样。"

横烟说道："你怀疑有人从中搞鬼？"

"如果我的猜测没错。那就只有一种可能——有人向外面传递了这份情报，而这个人，是关东军里潜伏的奸细，"岸谷推测道，"情报包含诸多细则，只靠旁听会议，无法完整传递。也就是说作战计划原件被带出去过，后来又神不知鬼不觉送了回来。"

"司令部大院的作息，中午有一个半小时休息时间。"

"没错，我让人查了那天进出大门的名单。老师你看看，答案是不是已经很清楚了。"岸谷看着司令部当日的进出名单，发现了邵熠辉的名字。

"鱼心卖水心，他常干的事儿，这可是个生意人。"岸谷冷笑道。

院里，里惠子正在洗衣服。

岸谷猛然想起，当日舒婕请里惠子帮忙把衣服送到洗衣店。

晚上，岸谷照例监听舒婕的屋子，发现她一直在煮东西，而黄思聪也无意间透露过，舒婕只会做半生不熟的米汤。

岸谷突然想到了什么，赶紧跑向舒婕。

此刻，舒婕正蘸着米汤在卧室密写。

岸谷站在舒婕家外，敲响了门。

只见舒婕穿着睡裙，端着一碗米汤站在门口，问道："岸谷，这么晚了……"

"舒小姐家有蚊香吗？家里的蚊香用完了，里惠子睡不着觉。"

舒婕打量岸谷，说："好说，我这就去拿。"

岸谷貌似不经意地扫视着房间里的一切——没有异状。

“啊，找到了！”舒婕拿着蚊香递给岸谷。

“那是什么？”岸谷突然向舒婕的卧室冲过去。

舒婕有些紧张。

岸谷从床铺找到床底下，想从舒婕脸上发现一丝不安。可舒婕却站在大衣架旁边一脸无辜。

岸谷从口袋里掏出早就准备好的一只黑蜘蛛，放到床下。他假装抓住了蜘蛛，捏着给舒婕看。

舒婕一脸嫌恶。

回到卧室，突然，她发现案板的一角露了出来。

岸谷趁舒婕外出，用铁丝撬开舒婕家的门。

他拿着一瓶宋烟桥送给舒婕的香水仔细嗅着，岸谷心里明白，舒婕就是那个共产党分子，但心里对舒婕的特殊感情，让他心生一个计划。

办公厅里。“我有一件事情要拜托老师，您能不能帮我，去金店买个戒指？说来惭愧，我嘛，在哈尔滨人缘不好。您不一样，日本人说两手开花，中国话叫左右逢源，您走到哪儿都能打折。这东西很贵，帮个忙呗。不过这事儿您要给我保密，别告诉里惠子。”岸谷对横烟说道。

“看，我说什么来着。时间一长，没有过不下去的夫妻，人都是会变的嘛。”横烟说道。

“是呀，您毕竟是过来人。”岸谷笑着附和。

早上，里惠子从岸谷的袖口处，闻到了香水气息。

晚上，舒婕将情报放进信箱，却被监察发现。

监察发现舒婕就是奸细，立刻要开枪打死舒婕，却不料，被岸谷从背后打死。

舒婕看着岸谷阴恻恻的笑容，心中不由得一冷。

岸谷让舒婕把情报吃掉，舒婕疑惑，但还是吃掉了这份情报。

“你想怎样？”舒婕发问。

岸谷扬唇一笑，居高临下看着舒婕，说：“我命令你，向我个人投降。从现在起，你是我一个人的俘虏！”

街道上，宋烟桥不停看表。

舒婕没有来。他意识到，舒婕可能出事了。

岸谷让舒婕目睹汽车撞死洗衣店老水的场景，告诉她乖乖听话。

岸谷坐在舒婕家的沙发上，让舒婕给自己煮碗面吃。

“向你个人投降，具体是什么意思，我希望你明确告诉我。”舒婕说道。

岸谷告诉她，自己不会做有失绅士身份的事。

第二天，岸谷带着舒婕回家里吃饭。

里惠子给二人做好饭，岸谷告诉她，自己要跟舒婕去齐齐哈尔出差一段时间，话没说完，他却感到一阵眩晕。

当岸谷和舒婕醒来时，已经被里惠子绑了起来。岸谷假装对里惠子示好，然后用横烟帮自己买的戒指，杀掉了里惠子。原来这枚戒指不是一枚普通的戒指，它在危急时刻，可以当救急的利器。

岸谷处理完尸体，把舒婕铐在床上，可横烟却找上了门。

原来，里惠子早上给横烟打了电话，说有家事向横烟求助。

横烟看着支支吾吾的岸谷心生疑惑，闯进卧室，却发现一个人都没有。

岸谷看着床上的手铐和开着的窗户，知道舒婕逃跑了。

他装作委屈的样子，告诉横烟，里惠子跟自己吵架，已经回国了。

舒婕跑到洗衣店，跟宋烟桥一起救出了水嫂母女。

宋烟桥让舒婕带着水嫂母女先走，自己留下做掩护。

林中小屋内，舒婕像一位等待丈夫回来的妻子一样，正在煮一锅汤。

另一头，横烟发现了里惠子的尸体，越发觉得岸谷就是一个疯子。

他决定离开岸谷，希望岸谷把自己调到为贵妇人找狗的治安课。

岸谷立即猜到，横烟查到了里惠子的事情。

他签了字，告诉横烟，有些事情可以成为永远的秘密。

林中小屋前，宋烟桥骑着摩托车回来了。

宋烟桥带着一脸喜悦的舒婕上了山。

第二十一章 考 验

其实，舒婕早就猜到了，颜红光就是宋烟桥。

天黑黑看见了舒婕，意识到他俩的关系不一般，心下顿时飞醋横生。

溪边，天黑黑赌气用冷水洗脸，正好被缨娘瞧见。

缨娘坏笑地表示，这是天黑黑的地盘，大家都挺她。

天黑黑恍然大悟，决定跟缨娘一起，把舒婕给挤对走。

晚上，俩人故意在舒婕面前，说她是城里来的需要特殊照顾。

舒婕背着行李卷，头一昂，对天黑黑挑衅道："我现在就去站岗，按你们说的做，跟普通战士一样。我听谁指挥？是听你的吗？我现在跟你走，好吗？"

宋烟桥见状忍住笑，说："行，去吧。"

舒婕和天黑黑傲然对视，较上劲儿了。

晚上，天黑黑拉着舒婕就往树皮上坐，并且告诉舒婕，这大山沟里不比城里，怕把舒婕这细皮嫩肉的给磨坏了。

舒婕不服，就这么将就着住下了。

第二天，天黑黑给舒婕盛了一碗野菜汤，舒婕喝了一口肚子就开始痛。

哪知道天黑黑递给她一把铁锹和半张废报纸，叫她挖个坑自己解决。

晚上，天黑黑用难得的汽油，给舒婕烧了一大桶热水，天黑黑告诉缨娘，用一桶热水把舒婕送回城里，简直太值了。

没承想，舒婕走过来告诉她："都是女人，有的话不用挑明了，你这话说得对，但你想这样把我赶走，那你就错了。我不是为你来的，也不像你想的那样。这些天我都看到了，队伍上很苦。但我不是娇小姐，这世上并不只有枪林弹雨才是危险，也不只有在山里肩并着肩杀鬼子才叫战友。你要是真的替司令着想，替队伍着想，这锅热水就给重病号洗澡吧。你要是实在听不进去，就当我什么也没说。"

缨娘见舒婕确实不一般，就劝天黑黑算了。

天黑黑明摆着输了一阵，在一旁直生闷气。

白天，舒婕跟着天黑黑和一群女兵一起操练，天黑黑利索地攀爬铁丝网，舒婕是搞情报工作的，做起来有些吃力。

天黑黑嘲笑舒婕，舒婕一言不发，拿了枪，自个儿钻进铁丝网中练去了。

"都解散了！"天黑黑转身扬长而去。

训练场只剩下舒婕一人，舒婕也不吭气儿，一遍遍地重复训练。

生活艰苦，加上劳累和过敏，舒婕终于病倒了。

宋烟桥看着几天不见的舒婕，冷着一张脸。

他对天黑黑的胡搅蛮缠没有过多地批评，说：“你可以不服气，但我有句话送给你，我们怎能在别人的苦难面前，转过脸去。”

山坳中，天黑黑中了日军的伏击。弹尽粮绝之际，舒婕出现，救下了天黑黑。

救援期间，舒婕的头脑和格斗技术都让天黑黑惊诧，也让她五味杂陈。

舒婕并不是一个花瓶，天黑黑心想。

“你别指着我会承你的情。”

“用不着，换了别人，也会来帮你的。”舒婕淡淡道。

天黑黑正欲说话，突然觉得脚下一硌，她低头看去，大吃一惊，她踩到了一颗压力式步兵雷！

天黑黑正要抬脚，身后传来一声大喊。

“别动！是步兵地雷，脚一抬就炸。”

天黑黑大惊，按照舒婕的指示把脚抽了出来。舒婕跪下按住雷，让天黑黑快去找宋烟桥。

天黑了，舒婕嘴唇已经冻得发紫。

她看见了远处的宋烟桥和天黑黑焦急的面孔，视线模糊，再也坚持不住。

密营中，舒婕缓缓地睁开了眼。

“我还活着？”

“你还活着！我的战士！”宋烟桥说道。

舒婕激动地一把搂住了宋烟桥，说不出话来。

天黑黑一直就站在远处，看到这一幕，她面无表情地走了出去。

溪边，天黑黑松口，承认舒婕这个人不赖，但不愿意舒婕当自己手下的兵。

舒婕被派到被服厂，同时教同志们认字。

侯啸天从树后嘿嘿一笑道："嫂子……舒婕同志，我想学认字儿。"

舒婕一笑道："成，但我有个条件。"

"说，我啥都答应……戒大烟不成！"

"是这样，我每教会你十个字，你就得教会十个战士，答应不？"

"我咋瞅着我有点儿吃亏啊。"

"不学拉倒！"

"哎！等等！我学！"

第二十二章　突　围

村里，天黑黑正在帮老乡干活。

抗联战士们动作麻利，让老乡们十分感动。

“以前咱和抗联的好汉们有误会，现在再瞎的人也看得出来，抗联都是好人。”村长感激地说。

“以后村里有事儿尽管找我们。”天黑黑说道。

“等等！咋说呢……我这儿听到个消息，不知道对你们打鬼子有没有用。”

“您可劲儿唠，说得越明白越好！”

抗联密营，天黑黑把村长告诉自己的情报汇报给宋烟桥，说：“老乡给的信儿，有一队日本军官到了榆树铺子，肩膀上全带花（军官），这伙鬼子怪得很，村长说他们住在老百姓家里，自己做饭，跟咱抗联的人似的，领头的是那次没烧死的天野。”

屋里，宋烟桥拿着收来的空罐头壳子，教大家如何做炸药。

哈尔滨警察厅，岸谷雄一帽子也没戴，制服没扣，狼狈地冲进电报班，喊道："电告天野大佐，他正穿过抗联颜红光部频繁活动区域，可能遭到埋伏，立刻停止前进！"

林子里，大家发现一个通信兵跟天野说了些什么，天野开始掉头往回走。

宋烟桥赶紧找来一身二鬼子的衣服。

突然，宋烟桥从林子中连滚带爬，出现在日军面前。

林中埋伏的大蹿儿等人手心捏汗，因为宋烟桥脚底下就是雷区。

宋烟桥每一步都精准地踩下去，没有触发地雷。

"报告你的作战序列。"田野说道。

"靖安军，李寿山混成旅一团二营三连马达中尉，我奉命执行搜察共匪颜红光，遭到伏击，我的队伍被打散了！"

宋烟桥低头请求道："请太君救援我的士兵们，他们还在和颜红光作战，他们都是和我一起出生入死的兄弟，我不能丢下他们，拜托了！"

"在哪里？我去救援你的兄弟！"

"就在前面两公里外的岗子上，我愿意作为尖兵带路！"宋烟桥再次大摇大摆地穿过雷区。

天野率队跑步前进至地雷伏击区，地雷炸响，火光四射。

宋烟桥一个闪身跳到路边沟中，从靴子后拔出手枪射击！

大蹿儿吹起了冲锋号——《十面埋伏》。

一番战斗后，宋烟桥对抓来的日军军官摇摇头，说："我想告诉你们，你们走错了地方！这是中国的土地，永远都是！用不着你们来瞎操心，回家吧！别再迷路了。"

众俘虏吃惊地看着宋烟桥。

"要是咱的人做了俘虏，鬼子可不会放。"天黑黑急道。

"正因为我们和鬼子不一样，他们不是真正的军人，我们不是刽子手。"

死里逃生的天野回来，给岸谷带去一个惊喜。

传说中的颜红光，跟宋烟桥的画像一模一样。

治安课，岸谷找到横烟，请他帮自己共同完成一个大计划。

"要想彻底消灭抗联，就必须斩断他们和老百姓之间的联系，就好像鱼和水，要想池中无鱼，小捕小杀是没有用的，要将水塘填成平地。"岸谷阴恻恻道。

山林里，抗联的老虎班被打散了。除了小豆子，其他的少年都牺牲在夕阳的余晖下。

天完全黑了，宋烟桥等人终于进入安全地带。

他们发现老虎班没有跟上，立马折返。却不料，只看见树上被绞死的一排排瘦小的尸体。

舒婕狠狠地说:"是骑兵马刀。"

舒婕趁所有人不注意，偷偷地隐身于树丛黑暗中，溜走了。

苞米地十米开外，天野的两个警卫兵放哨。

远远地，从苞米地里传来女人的哭喊声。日军士兵顿时坏笑，却不料舒婕从黑暗中跳出，将其一刀毙命。

远处，天野正在对一名村妇施暴。舒婕不作声，一刀插入天野的喉管。她静静地把二十发子弹推入枪匣，枪枪躲开天野要害。

天野被折腾得生不如死，舒婕冷冷地笑了。

她指着远处拿着锄头镰刀的村民们，天野露出绝望和恐惧。

夜里，宋烟桥发现大树上的刀痕，让人赶紧去找舒婕。

舒婕扛着天野的指挥刀，回来了。她径直走到两座小坟前，把天野的马刀轻轻放在坟前。

鄂伦春营地，赵疯子受到了袭击。他并未选择前往苏区，宋烟桥也猜到了这一点。不料，二人的密信却被邵熠辉截获了。

宋烟桥派老侯和天黑黑去征粮，同时告诉程彬，希望赵疯子来投奔自己的时候，程彬不要挤对他。

河口子镇的北部镇口，宋烟桥和赵疯子联手抗击日军，一时间，双方各有死伤。

宋烟桥觉察出情况不对，城里小鬼子少，可外围的鬼子竟然越打越多。

二人同时意识到，自己中了小鬼子的计。渐渐地，宋烟桥和赵疯子被包围起来。

二人也不慌乱，而是先谈起合兵后谁当家的问题。

瘸子李一脸无语，看着二人，问道："要不咱往北撤？"

"火力集中，向南压制！咱们的人该上了。"宋烟桥一笑。宋烟桥掏出信号枪，向天空射击，发送红色信号弹。

"鬼玩意儿真多！你家里开兵工厂的啊？"赵疯子道。

"羡慕不？"

第二十三章　信　仰

宋烟桥率众人和侯啸天、程彬、赵疯子内外夹击，与日军混战一团。

河口镇内硝烟弥漫，枪声、哀号声混作一团。

街道上一片狼藉，宋烟桥在给伤员包扎伤口。

“我的人折了十几个，还有四十多人。”赵疯子说道。

程彬忍不住出言挤对，侯啸天也在一边儿帮腔。

宋烟桥解释，老赵的人在兴安岭分兵了，所以人少。

侯啸天嘴一歪，说：“保存实力！你小子还是这样是吧？我们的兄弟牺牲了这么多，都是因为你！你他娘的多带点儿人，我们就少死！”

“那是你自个儿仗打得不好，清汤寡水儿的，有机会你们到兴安岭去，看看我们咋打仗的，那才叫痛快。”赵疯子满不在乎。

“那你怎么逃咱这儿来了呢？”程彬说道。

宋烟桥脸一拉，程彬赶紧给侯啸天使眼色，二人立马帮着扶伤员了。

另一边，岸谷阴冷着脸，幽幽地说道："二虎归一山，一山岂容二虎？"

抗联营地，赵疯子给宋烟桥交了底儿。

原来，他的人马被鬼子打散了，分落各处。这次，他就是想干一票大的，多抢几条枪。把河口镇打开，让自己的兵过来。

突然，天黑黑跑了过来，说："岸谷和邵熠辉的大队人马已经进驻河口镇。"

抗联开会，赵疯子故意躲了出去。

宋烟桥无奈地说："有这么个事儿，老赵的大部队和物资还在北边，我们合兵要合得实在，就得去把他分散的部队拢起来。但是现在河口镇有岸谷和邵熠辉的重兵把守，这是去北边最近的道儿，我想听听你们的想法。"

大家虽然对赵疯子都有意见，但还是同意了帮他合兵北边。

帐篷里，程彬神神秘秘地把侯啸天拉进帐篷，问道："赵疯子找你借兵了吧？"

侯啸天跟他装傻道："没有啊。"

程彬一撇嘴，说："他想找我借兵，话说半截，自个儿走了，我看见他到你那儿去了。"

"他真是熊急了眼上大树，还指望上你了？"侯啸天说道。

"我劝你借兵给他，这样就不用司令跟着冒险了。"

"你咋不借给他呢？"

"我的兵生性，他带不动。"程彬揶揄道。

侯啸天立马上套，喊道："我的兵也不是屄包！"

程彬邪恶一笑，怂恿侯啸天把他绑了，侯啸天一拍大腿，当即同意。

晚上，程彬跟舒婕要了点儿白布，正好被瘸子李看见。

瘸子李把这事儿跟赵疯子一讲。

赵疯子立马了然，骂道："妈了个巴子的！跟老子玩儿这个！"

舒婕走近程彬的帐篷，发现有众多士兵凑在外面，各自手里拿着一段白布往胳膊上绑，疑惑："你们要干什么！要造反？"

程彬道："这个叫起义。"

舒婕立刻明白，程彬和侯啸天他俩要把赵疯子撵走。

舒婕连劝带吓唬，把他俩给唬住了，另一边赵疯子不干了，他叮嘱手下，连夜走人。

出了抗联营地的赵疯子，正好碰见邵熠辉帮日本人抢大姑娘。

两颗手榴弹远远地飞了过来，在邵熠辉面前炸开。

"活捉邵熠辉！"抗联士兵齐声说道。

邵熠辉一骑当先，带着部下士兵疯狂逃窜。

"邵熠辉往哪个方向溜了？"

"嘎子河方向。"

"追上去，抢到嘎子河打他的伏击！"

嘎子河。岸谷早就埋伏了大量兵力。

林中一匹马疾驰而出，马上之人是天黑黑，说："赵司令！颜司令让我来通知你，千万不要追过嘎子河。"

赵疯子不知鬼子奸计不屑地道："咋的？见着我逮住邵熠辉，他还不乐意了。"赵疯子头也不回，渡河追击而去。

宋烟桥、侯啸天率三百余人的步兵队伍来到嘎子河西岸，放眼望去，没有渡船。天黑黑跑步上前，宋烟桥期待地看着天黑黑，又往她身后望去。

天黑黑摇摇头，说："太倔了，你说这是什么玩意儿，听不进劝，还把这一堆东西让我给你带回去。"

宋烟桥毫不犹豫，说："准备渡河！"

落日屯子，岸谷的诱饵邵熠辉，正跟赵疯子一方近距离肉搏。

突然，瘸子李连滚带爬地过来，说："我们后方二里地，出现大批鬼子，乌泱乌泱的！快撤吧，还来得及！"

赵疯子骂了句脏话，正准备撤退，邵熠辉突然在对面高坡上大吼："赵疯子！你还没死啊？你不是能耐吗？来啊！老子十几个人对你们几十个！你不是英雄好汉吗？"

赵疯子最受不了这个，他叫瘸子李带大家撤，自己跑向邵熠辉要打死他。

邵熠辉见赵疯子上当，蹿上马逃进黑暗。

赵疯子一声长叹。

岸谷带来大量士兵，赵疯子抵挡不住，将一封带血的信和手表交给瘸子李，让他突围。

宋烟桥带着部队渡河，却听见鬼子高声欢呼抓住了赵疯子。

宋烟桥听着日军的欢呼声，痛苦异常。

那边，赵疯子被抓。这边，宋烟桥的抗联战士也损失惨重。

大部队在程彬手里，这也是宋烟桥保存实力之策。

日军拿着大喇叭，叫道："颜红光！你没有退路了，给你十分钟考虑，如果不投降，我们会炸平山顶！"

好在悬崖上有一条小路，宋烟桥带着抗联战士们慢慢走下了悬崖。

审讯室里，赵疯子知道岸谷会利用自己引来宋烟桥。

赵疯子拆开了纱布，把自己的肠子扯了出来，岸谷看着惨烈的一幕，怔住良久。

哈尔滨工业大学图书馆内，岸谷阴沉着脸，对薛唯方说道："按我说的写，我怎么说，你怎么写。一字不改。"

薛唯方装作勇敢地对岸谷说不，岸谷牵来一条狼狗。

良久，薛唯方屈服了。

写完后，岸谷告诉薛唯方，他就是岸谷个人的喇叭，必须听日本人调配，然后说："朝日银行的支票，五千，您按我说的做，我越满意，稿费越丰厚。"

薛唯方盯着那信封，想要伸手去接，却又磨不开面子。

岸谷高声呵斥道："当了婊子还想立牌坊吗？收了！"

薛唯方默默地接过了信封。

抗联山上，宋烟桥心情沉重。

瘸子李递给他赵疯子的信，里面是一枚很小的铁钥匙，一张字条——字条上写着：哈尔滨朝日银行，87 号柜。

公园偏僻处，孤单的长椅，宋烟桥小心翼翼用钥匙打开了铁盒上的锁。盒中，只有两样东西——三根金条，一本日记。

日记里，宋烟桥发现赵疯子扮演颜红光的日子比自己更久，也了解了赵疯子一颗赤诚爱国的心。原来，赵疯子被开除党籍，只是因为执行了当时领导的命令。

后来路线变了，领导变了，赵疯子的错误路线根本不能怪他自己。

“我们欠这儿的老百姓一个东西，颜红光不只是一个名字，它是爱国者战斗不止的精神，是一个震颤山河的回答。不管将来谁看到了这些故事，谁接过了这面旗帜，我要求他继续战斗下去！带着颜红光这个名字，带着我的魂，为了我们的人民，为了我们的国……”

这是日记的最后一页。

宋烟桥激动，感慨，热泪滚滚。

抗联山上，程彬和侯啸天看着成日生闷气的宋烟桥，非常懊悔地向他认错。

宋烟桥却说：“这些天，我没生你们的气，我是在气我自己，所有沮丧和懊悔都是因为无能，我没能带好队伍，我要请你们原谅我。这几天，我一直在思考一个问题，老赵牺牲了，我们能做什么？让他不白白牺牲。”

三人沉默着，疑惑着，思索着。

第二十四章 反 间

村子里，一个农户跟家中老小正在吃饭。

突然，门被踢开。

岸谷跟几名士兵走了进来。

农户并不起身，反而问道：“太君一起吃点儿？”

岸谷环顾四周，说：“想不到长岛君竟然比我过得还像中国人。”

农户点点头，说道：“反日匪军的活动区域虽然没有变化，但他们的补给日益困难，而我们派入匪军的人在获得信任之后，不仅可以向我们提供匪军内部的思想和军事动向，还可以寻找机会瓦解匪军内部的信任，将匪军的武装劝降，归顺我们。”

“说起来似乎很容易。”

“我们会投奔抗联，加入他们的队伍，给他们当新兵，补充他们的实力。”

岸谷露出阴险的笑容。

抗联山上，宋烟桥、天黑黑和警卫连的新兵围着火堆席地而坐。

宋烟桥将一封信交给一名新兵，让他帮自己给邵熠辉送个信。

岸谷上车，长岛裕次郎和一号战士已经坐在车里。

岸谷问道：“信呢？”

一号战士将信交给了他：

邵兄台鉴，嘎子河一战，实属误会。要不是赵疯子脱离指挥私自冒进，绝不会落到如此下场。岸古雄一能苟活至今，我也有责任。为表歉意，现将密营一处奉上，邵兄可速去围剿，以表战功。盼能与我方尽弃前嫌，继续合作！

岸谷看向一号战士，问道：“宋烟桥的情况怎么样？”

“看起来他对赵疯子的死……没有任何悲伤。”

“他有没有对你起疑？”

“属下这几天在训练中一直与宋烟桥同吃同睡，应该毫无戒备。”

岸谷想了想，把信还给一号战士，说：“把封口封好，继续执行你的任务！邵熠辉有没有叛变，我们试试就知道了。”

抗联山上，原来宋烟桥早瞧出这几个新兵有问题。

他让天黑黑盯紧了其他几个人。

邵熠辉看见宋烟桥给自己的信，意识到这是一个骗局，但他却不知道如何继续下一步。

宋烟桥打算继续坐实邵熠辉“叛变”，于是叫一号战士把另一封信带给岸谷：

岸谷长官，某有一不情之请，请诛杀邵熠辉。其与我军素有往来，互通有无。嘎子河一战中，他曾与我约定共同设计击毙将军，清除他升官之阶。可没想到他却背信弃义，设陷阱害死了赵疯子。此种奸诈宵小之辈留在将军身侧，令人实为担忧。特此奉劝贵军，此辈当尽快诛之，不可养虎为患。

岸谷看见后，微笑地说，一号战士已经暴露，叫他自杀殉国。

同时，他让邵熠辉去抢夺宋烟桥留在村子里的一批物资。

邵熠辉明白，如果宋烟桥不杀了自己，岸谷就会以通敌的名义把自己枪毙。左右为难的邵熠辉没办法，只好上马前行。

另一边，天黑黑把几个日本奸细聚在一起，让他们跟自己去伏击邵熠辉。

邵熠辉不明所以，杀掉了全部日本奸细，回来向岸谷邀功，看岸谷这次还能说什么。

岸谷看着一地的“抗联战士”，怒火中烧。

他抓住了邵熠辉，把他关在审讯室里拷打询问，哪知邵熠辉意志顽强，岸谷有些苦恼。他吩咐长岛，继续用刑，但不要弄死邵熠辉。

宋烟桥得知邵熠辉没有死，担心岸谷反应过来前功尽弃。

舒婕找到丁康，两人在哈尔滨东昌医院。

舒婕拉开面罩，对邵熠辉道：“你心里应该明白，我们是来处决汉奸的！你害死了赵疯子，害死了太多的战士和老乡。本该把你千刀万剐，可惜，我们没那么多时间伺候你，闭眼吧！你还有什么遗言吗？”

邵熠辉说道：“我不是汉奸，我杀的每个人都不是我愿意杀的。你说，他们的命值多少钱，我给，钱和军火我都赔得起！只要你们愿意，我可以参加共党，哦不，共产党！为抗联工作。何必要杀人呢？日本人的秘密我全都知道，我可以将功折罪……”

说话间，川端医生出现，舒婕与丁康暴露。

情急之下，舒婕大呼道：“邵将军，我们一定会回来救你的！你要坚持住，你有坚定的信念就一定能坚持住！你不会有事的！”

邵熠辉彻底绝望。

舒婕将丁康带到抗联。丁康看着什么都懂的宋烟桥，看着他的笑容，突然觉得很温暖。

晚上，丁康听见两个战士谈论舒婕的屁股圆，不由得怒火中烧，一拳把他们打倒在地，训斥道：“把那话收回去！”

这俩战士原来是侯啸天手下的绺子，哪管这个，反问道：“收你姥姥！老子说错了？腚不是圆的是啥样的？兄弟你的是三角的啊？”

事情越闹越大，丁康从腰间拔出了刀，高高地举起，眼见就要出人命。

舒婕见状二话不说，上前狠狠飞起一脚，把丁康硬生生踢开了。

宋烟桥听到动静，赶了过来，他身后跟着一大群战士。

丁康一肚子委屈，转身就走，舒婕追了出去。

丁康不承认自己喜欢舒婕。他跑回去找宋烟桥，宋烟桥告诉他自己爱舒婕，但不会连累舒婕，说：“我爱她并不是要一个结果，就像我参加革命，并不是为了眼前的胜利。你还年轻，爱就是要有结果，革命就是要胜利，回去吧。”

舒婕帮丁康拿回了手风琴，还教了他如何弹奏《远在小河对岸》。

丁康很欣喜，却猛然间听到宋烟桥正在用口琴吹奏这首歌。

丁康一下子如坠冰窖！他的心绞痛着，他明白，舒婕教自己的，原来是宋烟桥最喜欢的曲子！

第二十五章　救　援

岸谷请了冲天炮，暗杀颜红光。

冲天炮微笑，他杀了两个靖安军，成功获得了抗联战士的信任。

王大娘家屋外，大蹿儿把冲天炮介绍给宋烟桥。

“这就是我们司令，颜红光！”大蹿儿介绍道。

“原东北军第七旅六二零团教官马守胜向司令敬礼！”

“名头不小啊，你是徐柱国的人？”

“他是我的老上级……”

“徐师长……英雄虽逝，虎威犹存啊。”

三人都有些惋惜。

营房内，宋烟桥刚刚躺下，冲天炮就睡在他旁边的床上。

“明儿个就给你分配营房，跟咱这官邸也不差。”宋烟桥睡眼惺忪道。

“司令，我能有个踏实的地界儿就不错了。这两年我一个人打鬼子，那可是有今儿没明儿，顿顿都是断头饭。幸亏咱交通站发现了我，要不然……嘿……”

宋烟桥眼皮越来越重，说：“交通站为了保密，是分段护送你进山的，还蒙了眼。你可别在意……”

冲天炮点头道：“司令，我是个老兵，这我当然懂。”

宋烟桥没了反应。

“司令，司令？”

冲天炮起身，手里握着一把剔骨刀。

冲天炮走到宋烟桥面前，正要下手……侯啸天进来了，此时冲天炮已经回到了床上，装出一副熟睡的样子。

侯啸天想走，又留了下来，他脱去外套。

冲天炮装作惊醒道：“你是……”

侯啸天说：“没事儿，被婆娘撵出来了。你睡，我跟司令挤挤。”

冲天炮回到了床上，恨得牙痒痒。

烟筒山村。“鬼子贴了告示，让村里人迁到附近的大屯人圈去。说是三天之后要来清村儿，没走的一律按通匪论。”天黑黑说道。

众乡亲拖家带口，背着粮食，推着独轮车在往村外走，可王大娘不愿意走。

此时，冲天炮瞄准了宋烟桥，抬手就是一发子弹，却不料，宋烟桥眼瞅着乡亲的一袋子苞谷从独轮车上落下来，连忙过去扛起。

子弹穿过苞谷袋子，一名乡亲立刻被打死。

众百姓慌成一团，大蹿儿赶了过来，一眼就看个明白，喊道：“有刺客！”

冲天炮连续挪动枪身，他发现大蹿儿等人已经分几路包抄过来……

他丢下枪，只留下瞄准镜，逃走了。

大蹿儿他们没找到人。好在冲天炮当初是蒙着眼进来的，眼下一时半会也出不去烟筒山。宋烟桥料定他没有走远，肯定还会继续暗杀自己。

夜里，天上淅淅沥沥下着小雨。

宋烟桥设计发现了冲天炮，并且打伤了他。

田埂上，冲天炮用绷带吊起右臂，用左手持刀，挖出了右上臂中的弹头。

他弄死了王大娘，自己扮成王大娘的样子，背着大门口，坐在那儿择菜。

厨房柴扉半掩，宋烟桥穿着一件宽松的大衣，吹着口哨进了院子，喊："大娘，我来了！"

宋烟桥看见王大娘正在择菜，便自己熟门熟路地走到院子里，操起地上的斧子劈柴，说道："大娘，我是来接您回队里的，咱吃完饭就走。"

院子外的狗吠声突然停止，一阵风掠过宋烟桥的面部。

他闻到了一股血腥味。

宋烟桥知道，背后不是王大娘。他一枪打死了冲天炮。

荒山孤坟前，宋烟桥凝视着木头条做成的简陋墓碑。墓碑上写：娘亲之墓。儿，颜红光泣立。

宋烟桥眼中噙着泪水，向墓碑磕下头去，久久不起。

营地里，侯啸天打算分兵。宋烟桥不同意，说现在分兵就是在找死。

侯啸天不吭声了，带着缨娘下了山。

他走到一个树洞子前面，发现里面是老相识，说：“二小子，不认识我了？你爹是老坛子吧。”

二小子仔细看看侯啸天：“侯啸天？你不是被抓到日本人的监狱里去了吗？”

“那都是猴年马月的事儿了。”

“你……加入抗联了？”

“没有，绺子，混口饭吃。”

二小子告诉侯啸天，现在日本人多，让他赶紧走。

侯啸天点头，带着缨娘离开了猎户小屋。

关上门后，二小子长舒一口气，瘫坐在凳子上，镇定下来，伸手从一件皮袍盖着的箩筐里掏出了两张纸。

那是两张日本人发出的悬赏令。一张上面是侯啸天的画像，悬赏五万满洲币。一张是宋烟桥的画像，悬赏十万“满洲币”。

“娘的，这可真是天上掉馅儿饼了。”二小子喃喃道。

返回路上，日军截住了侯啸天两口子。

侯啸天意识到是二小子告了密，让缨娘赶紧回去报信。

机要室，瑶瑶正在观察机要课长的口型，说：“是，是！我理解通知！岸谷长官您说……”

冯硕英家，冯硕英快步走进房内，关上房门，对具恩惠说道：“昨天晚上被抓的就是侯啸天，明天送来哈尔滨。一队靖安军和一队日本宪兵分别押送。这个消息很重要，必须送出去。”

具恩惠知道冯硕英有内线，却不知内线是谁。

二人犹豫了一会儿，决定顶着被发现的危险，用电台把这条信息传送出去。

宋烟桥拿到了情报，看着地图对缨娘说道：“押送老侯的宪兵队会经过槐树岭。我们骑马走小路，明天这个时候就可以追上他们。带上老伙计们，枪最快的几个，走！”

一行人顺利营救下来侯啸天。众人准备离开，老措却靠着一棵树，坐在了地上。

天黑黑回头看老措：“走了，别歇着了。”

侯啸天意识到了什么：“受伤了？你哪儿中枪了啊？得给你把伤口……”

“喊什么，吵死了，让我好好睡一会儿。追你这一路，一分钟都没合眼。”老措伸手摸了一下后腰，一手鲜血。

侯啸天痛苦地看着老措。

老措手已经耷拉下来，身下鲜血横流，说道：“黑黑呀，你说那棵树咋就被砍了呢。就当我是六十岁埋的吧。六十，吉利。”

天黑黑扑通一下就跪下了。侯啸天眼中含泪，给老措合上了眼。

回到抗联，侯啸天把枪摘了，让宋烟桥处置自己。

宋烟桥看了他一眼，说：“知道恨自己，就像个爷们儿似的，把队伍重新拉起来，带走多少人，十倍还回来，替所有牺牲的兄弟们找鬼子好好报仇！”

侯啸天被救走，岸谷意识到警察厅依旧有漏洞。

长岛告诉岸谷说：“警察厅和绥化警察局知道两支押解队的不超过二十个，我们一个个筛查。”

岸谷说道：“先别急着行动，电讯课向我报告，在城内发现了敌台。昨晚七点十八分，发报时长四分十二秒。发报员的手法很像几年前共党的三号台。看来这是颜红光在城里埋伏的一条暗线。几年前，我没办法找到这部电台，但是现在！整个哈尔滨都在我们的手中！既然他们冒出来了，那我们就剜掉整个毒疮。”

冯硕英家，具恩惠敏锐地感觉到，冯硕英的内线是个女人，而且跟冯硕英关系不一般。

机要室，长岛对瑶瑶说话，瑶瑶毫无反应，长岛想打她一耳光。

机要课长出来，连忙解释道：“长岛，她是聋哑人，你得用这个……”

机要课长用笔将“信件登记表”（日语）写在纸上给瑶瑶看。

瑶瑶点点头，从随身的衣袋里拿出登记表交给长岛。长岛一边看一边走开了。

街上，具恩惠站在邮局的斜对面，看着 2 号邮筒。

瑶瑶左顾右盼地看看有没有人来，具恩惠则盯着她——她明白了，这就是冯硕英一直刻意隐瞒的女孩儿。

具恩惠用手语，问瑶瑶是不是在等男朋友。

瑶瑶点头，并说自己跟他已经在一起三年了。

具恩惠顿时吃醋，但她并没有走。

远处，具恩惠看见瑶瑶和冯硕英相拥上楼，一时间心里乱成麻，看了看周围，生气地离开。

两人进了门，把门一关，拥吻在一起，瑶瑶给冯硕英带来了新情报。

回家后，冯硕英迫不及待地跟具恩惠一起启用电台，不承想，这是岸谷设下的诡计。

鬼子开始分区停电，具恩惠知道，他们可能暴露了。

冯硕英说，房子是用自己名字登记的，自己跑不掉，让具恩惠坐火车快走。

情急中，具恩惠问冯硕英喜欢自己还是瑶瑶。

冯硕英听到瑶瑶的名字一怔，随后告诉具恩惠，自己喜欢的是瑶瑶。

具恩惠拿着火车票，百感交集。

审讯室，鼻青脸肿的冯硕英被拖进来，按在椅子上。

六点，瑶瑶突然看见一个穿着大衣的女人大踏步地从自己身后超过了自己，走向邮局。她吃惊地站住了，那件大衣是冯硕英的。

具恩惠走到邮筒前，等待着。

邮局里，长岛看了看手上的画像，向岸谷报告道："就是她，和冯硕英同居的女人！"

瑶瑶的眼中，是无声而混乱的世界。

具恩惠被击倒在地，她看向瑶瑶，瑶瑶抱着大衣已经悄悄离去。

大衣里，是一张火车票和一封信。

冯硕英戴着手铐脚镣，被长岛和警察押着，走在通往囚室的走廊里。

冯硕英远远看见敞开大门的囚室里——一个女人奄奄一息，身边有医生和护士在为她包扎治疗。

他焦急地说："瑶……"

女人转过脸来，冯硕英吃惊地发现竟然是具恩惠。

"不！不！"

"她受的伤很重，要是你求我的话，也许我可以救她。"

冯硕英摇了摇头。

审讯室——

“你，你到底做了什么？”冯硕英颤抖地问。

“这句话是该我问你，昨天晚上，你做了选择不是吗？”具恩惠一笑。

“我没想到会是这样的结局。”

“我也没想到。”

岸谷警惕地看着两人的一举一动。

“能抱抱我吗？”具恩惠说道。

冯硕英看了一眼岸谷。

岸谷退开两步，算是默许了，以示他这位胜利者的大度和自信。

冯硕英走过去，他的手被铐着，无法张开。具恩惠轻轻地抱住他，耳语：“你爱的人，我已经送走了。她会脱险，平安地活下去。不用再担心了。现在你知道该怎么做，对吗？”

冯硕英默然不语，他观察到了具恩惠输液用的药瓶。

冯硕英突然打碎了输液的玻璃药瓶。他和具恩惠默契地各自拾起了一片尖锐的碎玻璃。

电光火石间，冯硕英和具恩惠使用特工专业技能，用碎玻璃割了颈动脉，自杀了。

冯硕英和具恩惠的手紧紧地握在一起，很快就没了呼吸。

火车已经开了，窗外是掠过的风景。瑶瑶蜷缩在大衣里，痛哭失声。

第二十六章 寒 冬

岸谷办公室。

横烟递上自己写的报告，说：“集团部落改进方案推行后，我闲着没事，重新清查了户籍。这个，不知道有没有价值？要是没有，耽误您的时间，万分抱歉。”

岸谷看了看一皱眉，问道：“这是什么人？”

“我怀疑是程彬的母亲和哥哥，在佳木斯。”

岸谷顿时兴奋道：“老师，我看您并不是闲来无事，是颇有心思才对啊！这种隐藏很深的人，也被你找出来了？”

横烟面露喜色，岸谷承诺消息如果属实，一定给横烟申请奖金。

审讯室内，一个老太太坐在室内椅上，一言不发。

长岛对岸谷说：“程彬的亲哥哥程恩说，程彬以前是个非常孝顺的人。他的父亲死得很早，是由母亲抚养长大。他们家还有个小儿子，跟着程彬一起出去闯荡，后来死了。”

抗联山上，飞机投下漫天的纸张。程彬叫畏大罗不要捡，也不要看。畏大罗还是捡起来了。

程彬接过照片——照片上是程彬母亲和三个儿子的合影，下面还印着四个中文字：盼儿归家。

程彬冷冷地说：“我娘早没了！告诉战士们，这是鬼子的阴谋。等等，派人到司令的游击区，我写封信给司令，说我们准备和鬼子拼到底，实在不行了，就打光了算了！让他注意自己的侧翼，我们没法突破包围去掩护他了。”

五日后，程恩上了抗联的山，漫山遍野地喊程彬。

程彬叫人把程恩绑了。拔枪对着一个军官，道：“金队长，要是有人投降，你会怎么办？”

“我第一个毙了他！我队里的战士都跟着我！”

“我要你投降呢？”

“大队长你跟我开玩笑呢。”

军官也把枪掏出来了，说：“宁死不降！”

两人拔枪相向，对峙半晌。

程彬嘿嘿一下笑了，把枪放下，说：“对不住，非常时期，我得考验一下你，去把陆队长请来，我要和他谈谈。”

军官转身要离开，程彬突然从背后开枪，将军官击毙。

畏大罗抱着机枪，带着两个卫兵冲进来。

程彬道：“金队长退缩了，想投敌，我把他杀了。”

陆队长惊呆了。

程彬问："陆队长，老金要投敌，被我毙了，你说该不该杀。"

"投敌就该杀。"

"不论是谁？不论什么原因？"

"当然！但我和老金认识很多年了，他是个好汉，应该不会……"

程彬拔枪打死陆队长，说道："生死是你们自个儿挑的。"

程彬走出营房，看着手底下的兄弟们，说："我妈很多年前就不在世了，金队长和陆队长被敌人收买，我把他俩枪毙了。我想了一下，咱们不能在这儿等死，不如将计就计，我们今晚就带着我哥下山，先诈降，等我号令，打鬼子个措手不及。"

众士兵深信不疑，纷纷欢呼。

树下，程母给了程彬一耳光。

程彬在树下装作淡然地哼着小调，是《萧何月下追韩信》。

岸谷听完诡异一笑，想到了一个借刀杀人的好办法。

审讯室里，岸谷用计谋把程彬逼向了绝望，程彬招供了。

十天后，岸谷用程彬的情报消灭了抗联一部分战士，却抓不到颜红光。

岸谷找他聊天，问道："在你心里，他究竟是个什么样的人？"

程彬冷笑道："你不会懂。"

"你想说，燕雀安知鸿鹄之志？那我说说我的看法。你很现实，知道识时务者为俊杰，颜红光不同，知其不可为而为之。他想要改变世界，在死亡到来前改变世界，你呢？不要以为自己不能改变世界。有一个叫吕马童的人，你知道吗？他杀死了项羽。"

"项羽是自杀的。"

“不不不，有五个骑兵的小头目，将项羽分尸，其中一个是吕马童，他就是项羽当年的部下，他也改变了世界。而你，程彬，如果注定成不了大人物，你可以学吕马童，去杀死大人物，杀死他，你将被写进历史。”

“这正是我担心的，中国有句话叫遗臭万年，我只想默默地渡过余生。”

“只想默默地渡过余生，还是程彬吗？为什么不去做个乡村教师，而是入了黑帮？东北军进入关内，你为什么不跟着去，而是留下来？因为你不甘寂寞，你要在乱世中寻找自己的价值，程桑！你不想默默地度过你的人生！知道你的问题在哪儿吗？韩信为什么落个弓藏狗烹的下场？因为他做事不彻底，如果他造反，天下是刘邦、项羽和韩信三个人争。最后他有可能做皇帝，但他有反心却又妇人之仁。你要么忠诚到底，要么造反到底。韩信的左右摇摆害死了他自己。你现在有两个选择，是做韩信，还是做吕马童。”

程彬盯着岸谷，一言不发，表情从未如此严峻。

岸谷知道，这番话生效了。

另一边，畏大罗给宋烟桥送去了程彬的信。

宋烟桥看着畏大罗，有些怀疑，说：“这家伙吃不下咱们的粗粮，一点儿也不像饿了肚子的样子，手臂上也没有因为缺盐浮肿。但我不相信金队长和老陆会叛变，他俩都是受过考验的人，怎么会吃不了苦呢？奇怪的是，这确是程彬的笔迹。”

舒婕拿信看，信上写着：鉴于目前形势严峻，请允许一大队回归建制，休整，重新安排任务。

“不可能，这绝对不可能，”宋烟桥沉默片刻，“让送信的先回去，咱们约程彬在唐树岭见，接应他们归队。”

唐树岭，程彬决定先开枪打死宋烟桥，不料，却中了宋烟桥的圈套。

大蹿儿往下滚去一棵大树，却没有砸死程彬，骂道：“妈的，可惜没把汉奸压死！”

“我最不想看到的人就是他，想不到，他真的叛变了。程彬会是我们今后最大的敌人。他太熟悉我们的战术，可以带着鬼子日夜追击，我们将疲于奔命。”宋烟桥沉重地说道。

山崖上，宋烟桥正在砍树，发泄着愤怒和懊丧，他的额头上都是汗。

舒婕上前安慰，得知宋烟桥已存同归于尽的死志。

她平静地说：“不，你要答应我，不要拿命来冒险。”

宋烟桥疑惑道：“为什么，你都做得到的事，我当然也可以做到。”

舒婕告诉他说：“因为……在这个绝望的世界，你就是我最后的希望。”

两人四目相投，却都没有说话。

哈尔滨警察厅办公室里，程彬双手递给岸谷一个极厚的笔记本，第一页写着“抗联建立密营的原则、方法及细则”，往后翻，写得满满的，极为详细。

岸谷没有过多的夸奖，也不露喜色，说道：“谢谢你，程桑。”

程彬微微点头，平静地离开了。

岸谷微笑地对长岛说：“恐惧，恐惧给了他力量，恐惧让他充满对颜红光的仇恨。仇恨会让他更想要证明，他可以改变世界，你去告诉他，我们可以在消灭颜红光以后，安排他去日本，让他安心地做大日本帝国的朋友。”

程彬带着日本人，把抗联的密营几乎全部破坏。

战士们没有东西吃，宋烟桥把自己的口粮拿出来分给战士们。

两个战士看不下去，用命抢了两枚鸡蛋给宋烟桥，而后饮弹自尽，宋烟桥看着自杀的战士，心中痛苦万分。

天黑黑盯着宋烟桥，宋烟桥凝视着火光，告诉她：“下一秒就死，我们何去何从？那就在死亡来临前，改变世界。”

第二十七章　坚　持

哈尔滨工业大学，岸谷把薛唯方带走了。

薛唯方恐惧地求饶道：“不！我不同意！我为你们做了那么多事！写了那么多文章！我替你们攻击颜红光！攻击那些‘爱国贼’！我对‘满洲国’……哦不，我对大日本帝国是忠诚的！”

岸谷鄙夷地看着薛唯方，说：“薛教授，死就那么可怕？您为了活下来，脸都不要了？”

薛唯方痛哭流涕，苦苦求饶，说：“是！我怕死！我不该死！让我活下来，求求你，别杀我……我有太太，有孩子，你说，要我写什么，写什么都行！我不要钱！我署名！只要你能让我活下来。”

“那个地方，叫作满洲给水防疫部队，也有人叫它，731。到了那里，你要好好帮助石井博士，他不会让你太痛苦的。”说完，岸谷让特务拉走了薛唯方。

山上，抗联战士因为饥饿，已经浮肿得穿不上鞋。

小豆子向宋烟桥请战，宋烟桥同意了。

鬼子的屯粮地，大蹽儿和战士们扛了粮食要走，小豆子抓了一把苞米粒，落在后面。

小豆子让大蹽儿先走，自己殿后，却不料被长岛一把抓住。小豆子身形灵巧，把长岛脖子砍伤，逃跑了。

大蹽儿回来接应小豆子，发现小豆子受了点轻伤。大蹽儿发现老乡老耿的马，请老耿送他们回营地。老耿打量打量小豆子的伤，跟大蹽儿要八块钱，大蹽儿同意了。

就在抗联山下，日本人追来了，吓得老耿一颠巴，把小豆子摔下来了。

日本人枪子儿擦着三人飞过。

危急时刻，宋烟桥带人下了山接应。

老耿抱着头还蹲在地上哆嗦，身后伸来一只手拍了拍他的肩膀。

老耿立马哭号道："别杀我，我就是个种地的，土里刨食一辈子，连个媳妇儿都没娶上，我不能死得这么冤……"

"感谢你送我们的同志回来。"老耿吃惊，回头。眼前人一身打了补丁的军装，披着件灰不溜丢的大氅。正是宋烟桥。

屋里，朴一生正给小豆子包扎。

小豆子对着宋烟桥愧疚道："司令……这次都怨我……"

"现在可不是往自己头上扣屎盆子的时候。你现在这身子骨，扛得住吗？再说了，如今就是这么个形势，也亏大蹽儿和你遇上好人，你俩要真为了一把苞谷茬子死了，我这个司令就亏大发了。"宋烟桥笑道。

众战士围着火堆，一人端着一碗加了干野菜的棒楂粥吃起来。

大蹿儿拿着大勺，从大锅里撇开野菜舀了一碗棒楂儿递给老耿。

老耿喝了一口，差点儿没喷出来，他走到树后，捏着嗓子直干呕。

大蹿儿看着他直乐，说："不能啊，你这碗没干野菜啊。"

老耿看着穷苦的抗联战士们，心说也不好意思要钱了，就走了吧。

哪知战士不让他下山，老耿这就不乐意了，开始跟宋烟桥掰扯。

宋烟桥一笑，说："老耿，我不是不让你走，也不是不愿意给钱。你别看我们吃得砢碜，兜里钱还是有的，那都花不出去。我是因为啊，咱现在还被敌人包围着呢，你要这么一出去，保不齐就撞到敌人的枪口上了。咱还是安全第一啊，再等一天，就一天，钱我现在就给你。"

宋烟桥从兜里掏出十块满币，拍在老耿手里，说："喏，这下踏实了吧。"

老耿踏实了。晚上，他琢磨琢磨，还是担心家里的兔子和鸡。

于是，老耿偷偷牵了马，打算下山。

哪知山下全是鬼子，千钧一发时，大蹿儿带着战士们救了老耿。

小沟附近，全是抗联战士的尸体。

回到营地，大蹿儿连急带上火，对着老耿就骂了起来。

宋烟桥不解，天黑黑说道："他们……一共十七个人，除了大蹿儿都死了。鬼子把他们的遗体都摞在山沟里，都补过枪……都打烂了。"

大蹿儿气急败坏道："老乡，老乡！他们是因为你死的！我啥都不说了，你自己心里该有个掂量！"

老耿咧着嘴靠在树上，满眼是泪。

另一边，岸谷的春季大讨伐提前的整套战略通过。

眼看程彬和鬼子的行动越来越紧，宋烟桥决定让大家分开转移。

宋烟桥巡视营地各处。伤兵帐篷里被挤得满满的，伤兵们熟睡的，呻吟的，咬紧牙关疼得嘴唇咬出血的……有人看到了宋烟桥，要站起来敬礼。宋烟桥忙扶着伤兵躺好，拍拍肩膀以示鼓励。

宋烟桥出了伤兵帐篷，彭措大赶过来，说："司令，抗联第十军吃了个大败仗，建制打散了……"

"军长汪雅臣找到了吗？"

彭措大失望地摇头。

储存军量处，宋烟桥检查口袋，很多都空了，仅存有粮食的口袋，也只剩下星星点点的苞米粉子。

不多时，罗开山过来了。

宋烟桥看了他一眼，问道："坏消息，对吗？"

罗开山点点头，说："周保中司令正在突围，情况很糟糕，李兆麟将军……失去联系了，您说他还活着吗？"

"他会的，去休息吧。"

大蹿儿感慨道："鬼子这一招够阴损的，一个月多点儿，把咱逼到这个份上了。"

"化冻期大讨伐，想出这法子的人是个鬼才，也是个赌徒。"宋烟桥淡淡道。

宋烟桥独自登上山顶，夜的山风依旧刺骨，吹得宋烟桥的大氅啪啪直响……

宋烟桥望向远处——

连绵不绝、漫山遍野的日军帐篷，夜色中如满天星辰。

不多时，舒婕来了，问道："司令，我接到命令了，我跟二团五连走？"

"对，丁康也分在五连，你要保护好他。"

没人说话，舒婕盯着宋烟桥的后背，一言不发。

舒婕凝视宋烟桥，良久，一句话都不说，扭头离开了帐篷。

宋烟桥的脸上看不出悲伤，看不出遗憾……看不出任何情绪。他像一尊石佛，内心在哭泣，在嘶喊，但不表露给任何人。

舒婕和丁康所在的队伍经过宋烟桥。

丁康看看宋烟桥，又看看舒婕。

舒婕目视前方，她忍着，一眼都没瞧宋烟桥。

"二十七号战士，出列！"宋烟桥忍不住说，"请允许我给你一个同志式的拥抱。"

宋烟桥张开双臂，大大方方地拥抱舒婕。

舒婕感受着宋烟桥的温度，心中柔软，但面色坚毅！她一句话没说。

宋烟桥在舒婕耳边低语道："也许再没机会说了……保护好自己！我爱你，再见。"

舒婕怔住了，她等这句话等了不知道多久，仿佛比星辰还遥远。此刻突然听到，那么不真实，五味杂陈。

宋烟桥退开一步，向舒婕敬礼。舒婕克制住翻涌的心，静静地回了一个礼。

最终，只剩下宋烟桥孤身一人，他眺望着队伍远去的方向。

回到营地，天黑黑问宋烟桥，大家都走了，他们留下来干什么。

宋烟桥淡淡地说："当靶子，我要钓岸谷这条鱼，让他紧紧地追着我，想抓，却抓不着。那样，更多的战士就能活下来。"

夜里，大蹿儿跟宋烟桥正在谈话。

突然，宋烟桥本能地掏出枪，瞄准帐篷入口。

"口令！"宋烟桥说道。

"破军。"舒婕掀开帐篷走了进来，站定。

宋烟桥和大蹿儿都怔住了。

"你违抗了我的命令。"

"是的，枪毙我吧。"

"为什么回来？"

"因为我也爱你。"

宋烟桥和舒婕久久对视，命令道："大蹿儿，出去。"

"是！"大蹿儿飞也似的跑了出去。

宋烟桥大步走过去，一把将舒婕拥入怀中。

丁康跟着舒婕，也回到了临时营地，他东张西望寻找舒婕。

天黑黑从暗处闪出身用枪顶住了丁康后腰，问道："口令？"

"忘了。"

"你怎么也回来了？"

"司令给我的任务是，保护舒婕。她回来了，我就得回来，她在哪？"

"在司令帐篷里。"

丁康望着天黑黑古怪的表情，咀嚼着话中的意思，突然明白了。

天黑黑拍了拍丁康的肩膀，缓步走开。她半句也不想安慰这个和自己一样的爱情失败者。

丁康慢慢地低下了头，他对自己的心情感到愤怒——竟没有自己想象中的妒火中烧。

翌日清晨，帐篷里已被收拾整洁。

宋烟桥清了清嗓子，看了舒婕一眼，宣布道:“宣布一个事儿，我和舒婕同志结为革命伴侣。”

天黑黑第一个鼓掌，此刻的她，已经释然了，由衷地高兴。

掌声中，丁康悄悄地退出帐篷。

晚上，天黑黑正在巡逻，远处，树林间似乎有人影闪动。

天黑黑突然转身，举枪，她的背后，一个脚上穿着日本军靴的女子也举枪了。

两人对视，却没有开枪。

“老娘没看错吧！”天黑黑说道，来者竟是缨娘。

“老娘的新靴子咋样？”

林影间，侯啸天麾下的人马现身。

帐篷里，宋烟桥已经向侯啸天透露了自己的欺骗战术。

“自己当鱼饵，换别人的命，你真蠢。我这人跟你从心肝肺到头脸脚都不一样，我要是你……只有别人替我死的份儿。”侯啸天冷笑道。

“你真坏。”宋烟桥笑道。

“反正你都吃了亏了，我再占你个便宜呗？我脚肿得厉害，这鞋穿不下，你的鞋好，给我。”

宋烟桥二话不说，和侯啸天换了鞋。

“这样才跟脚，老颜，哦不，老宋，咳！我知道这俩肯定都不是你的真名，但是这么多年了，我也没问过你到底叫啥？”

宋烟桥穿上侯啸天的日本驻屯军的铁钉皮靴，使劲儿踩进去，说："不管我以前是谁，往后我只有一个名字，那就是颜红光。这个名字，是我一生中最重要、最宝贵的东西，事情就该是这样。我原来的姓名，只属于我个人，属于过去。我已经杀死了过去，那不重要了。"

"话说在前头，我是不会帮你的，我在绥芬河等你。"侯啸天说道。

第二十八章　铁　军

侯啸天、缨娘带领着十几个抗联战士，一路疾行，到了绝子顶山下。

战士们都不由自主地停了下来，看着侯啸天。

侯啸天平静地从战士们面前走过，一个一个看过去，扫过那些疲惫的脸，喊道："屁崩傻了啊？精神点！我是谁？"

士兵们面面相觑。

侯啸天骄傲地说："告诉你们，我现在不是颜红光手下的侯啸天，不是抗联的大队长侯啸天，而是翻天球扛把子，是绺子爷侯啸天，是一个自由人侯啸天，是一个自由的中国人……侯啸天！"

"侯啸天！侯啸天！"战士们欢呼道。

侯啸天一脸懒散道："咱流过血，杀过人，享过福，吃过苦，咱高兴！咱骂娘杀鬼子！咱这辈子，值！老子带头违反了颜红光的命令，咱就得自己干！干他个地覆天翻，鬼神丧胆。你们个顶个是老子一手带出来的兄弟，亲兄弟！咱今天一起干件大事儿，让颜红光想起咱就哭，就笑，就哭笑不得！让知道和不知道咱是谁的人听了，说句，痛快！就算咱永远不会被人知道，咱也无所谓！”

战士们欢呼。“这山叫绝顶子，名字好！断子绝孙的地儿！咱们要把那些狗操小日本鬼子吸引上来，打得越久，颜红光就走得越远越安全！”

众人高声唱起了《东北大反话》，他们严格遵守足迹技巧，身后只留下一个人的脚印，延绵……

绝子顶山下，程彬看着脚印突然停下。

岸谷问他为什么停下来。

程彬说道：“这个鞋印不是驻屯军的铁钉皮鞋，颜红光脚大，驻屯军的鞋他穿不了。这是抗联被服厂专门用兽皮和乌拉草给他做的，你再看脚印。”

程彬继续说道：“队伍行进的方式，后一脚踩住前一脚，丝毫不差，熟练的老林子，根据我的判断，颜红光一定向着峰顶去了。”

岸谷兴奋地一挥手：“全队！上山！”

山顶上，侯啸天顺着一溜儿挨个检查他们的弹药准备情况，和他们嬉皮笑脸开着玩笑，说：“今儿终于摆一次阔，一颗子弹不用留！”

正说着，侯啸天率先开枪，击中一名日本兵。

枪战开始，岸谷竟然露出享受的表情，感慨道：“真美啊！一期一会！一生只相遇一次！我是多么期待和他见面呀！四个基数的弹药全赌上，放弃预备量！”

“我不想破坏您的威信，但这么做，太冒险了，万一……”程彬劝道。

“为了这次相遇，我赌上了一生的武运，你们不愿意跟从我吗？”岸谷说道。

岸谷接过一支步枪，上膛，他冷峻的目光扫过众人，不怒自威：“我冲第一个！”

几百名士兵被他煽动，嗷嗷乱叫。

山顶上，一名战士上气不接下气道：“上来了，几百人……顶，顶不住……”

“走到头了，”缨娘说道，“望乡台边有个老妇人在卖孟婆汤，忘川边有一块石头叫三生石，载着你的前世今生。到了那儿，看人间最后一眼，喝碗忘川水煮的孟婆汤，今生的事儿，就全忘了。”

“我可不喝。”侯啸天道。

“为啥不喝？”

“喝了就不记得你了，下辈子打光棍啊？”

“你还有几房姨太太呢！”

“不要她们，就娶你一个。”

“真话假话？”

“当然是假话！”

“那我也当真话听，我也不喝汤。”

侯啸天和缨娘深情对视。一言不发。此刻，已无须言语。

讨伐队冲了上来，全歼了抗联守军。

岸谷雄一带着程彬、畏大罗奔到了侯啸天身前，一脸错愕地看着侯啸天，问道：“怎么是他？！”

“颜红光，明年今天，记得给老子烧点大烟，一副烟杆子，到了那边，老子天天抽着大烟，带着黑白无常来帮你打鬼子！”侯啸天大笑道。

手雷爆炸……

警察队里，畏大罗扬言要一枪爆穿颜红光的脑袋。

一个瘦小的叛徒听不下去，一碗饭扔在畏大罗身上，问道：“颜司令对你不好吗？”

畏大罗不屑地揍了他一顿，骂道：“他对你不好吗？你还不是一样叛变了，都为了口饱饭，不要把自己说得那么高尚！”

院子里，程彬愕然地接过了岸谷递来的军刀，受命带队彻底消灭颜红光。

马家岭子，岸谷等人翘首等待，围成一个大圈。

一名陆军航空兵军官（中佐）来了。

岸谷敬礼，他脖子上系着一条白毛巾。岸谷转身小心地将地上的一个木罩掀开，露出一个脚印，说：“请看。”

军官问道：“谁发现的这双足迹？”

“是在这一带执行搜索任务的森林警察。”

“也是你的思想战，策反归顺我们的吧？”

岸谷点头，说：“是的，这是乌拉踩出的足迹，尺码和深浅与我们掌握的信息完全匹配，足迹专家也在我们到来之前鉴定过。按照这个脚印为中心，我们在方圆五十里地的范围内布置了严密的警戒哨卡，任何一个从山上下来的人都不会逃出我们的视野。”

“希望明早的太阳能晚点出来，他们从睡梦中醒来……就会看见……”岸谷率领众人前行，众人举着火把，照着脚印。

山上，颜红光正在跟天黑黑布置任务，说：“任务，你部单独行动，行进至凤凰山山河屯，向五常方向移动。战略原则，能不战则不战。于二十三天后在横道河子与我会合。”

天黑黑回头看了颜红光一眼，说：“二十三天，横道河子！”

颜红光没说话，向她点了点头。

另一边，天黑黑和十一名抗联战士在西北处发现了敌人的踪迹。

“爷们儿们！这支鬼子骑兵是冲着司令去的，我现在要违抗司令的命令，去打小鬼子的阻击，你们敢不敢？”天黑黑问道。

“敢！”

“小鬼子想在咱家里装爷！不好使！敢在姐这儿装爷，先给他削成孙子！走！”天黑黑掏出了抢，大步在前，战士们昂扬，紧随。

“抢到马，把鬼子引开，这是我们最后的任务。”天黑黑下了命令。

众抗联士兵将手榴弹迅速扔向骑兵队的方向。

在一片爆炸中，有军马受惊冲向天黑黑方向，烟雾弥漫。

天黑黑迅速抓住马缰绳，翻身上马，其他士兵有的也抓住军马，翻身上马。

天黑黑等人成功吸引了日军骑兵队的注意。

日军骑兵队长指挥刀一指，骑兵们向着天黑黑等人追了过去。

一番混战。天黑黑面向悬崖，握紧了马缰……正当所有人都以为她要跳崖之时，天黑黑突然猛勒缰绳！战马高扬前蹄，对着空中红日。

此时天黑黑已然转过身，骑在马上正面敌人。

日本骑兵顿时惊呆了。

“姐姐生得俊，摔烂脸下辈子司令不认识！拔刀！”天黑黑扬了扬眉，笑容灿烂。

天黑黑回头看了两个战士一眼，轻轻地说道：“要死，死在进攻的路上，为了颜红光。”

几轮马战，天黑黑已受重伤。

天黑黑眯起眼睛，目光顺着雪亮的刀身上抬，望向空中红日，如同望着自己的爱人。她露出了微笑，骄傲的，幸福的。

山岭上，她定睛凝神，高喊着发动了最后一次进攻……

马家岭子，宋烟桥看着一地尸体，露出了极为痛苦的表情。

“继续赶路！走到天黑，就不会再有敌人的侦察机发现我们的方向了，越往山上走，我们越安全。”颜红光转身，继续艰难行军，众人紧随其后，行进中，颜红光眼中已经饱含泪水。

程彬看着地上杂乱无章的脚印，对岸谷说道：“你信命吗？这脚印指向六个方向，而前面有十几条岔路，只有颜红光能搞出这种水准的迷魂阵。”

“别忘了侯啸天的把戏，”岸谷说道，“我不会再轻易相信你的判断了，分兵六路，继续追赶。”

“我们已经连续追赶了十几个小时。”

“那就是说，颜红光也行进了十几个小时，他比我们更疲惫。”

山上，颜红光说道：“把火升起来，这是背风低地，你看看今天的云层，就算有飞机夜间侦察，也看不见。看看大伙儿，要是在这种气温下不生火睡着，很多人就醒不过来了。”

大蹿儿想了想，点头道：“好，生火！黑黑把火折子给我……”

大蹿儿习惯性地扭头，他这才想到，天黑黑已经牺牲了。大蹿儿怔住了，半晌，他哇哇地哭了起来。

丁康难过地低下头，舒婕忍着悲伤，像对待亲弟弟一样，摸了摸他的脑袋，以示安慰。

山下，程彬向岸谷建议停止行军，说："我们追丢了，越接近山顶，岩石层越突出，积雪越浅，他们应该走的是这条路，这就是置之死地而后生。其他路线，仍然会留下脚印，并不利于摆脱我们的追踪，但是这条路就不一样。"

岸谷盯着他："这么说，他就在前面。"

"是！但这里处处都是岩石，稍不留神就会滑落山谷，你要继续冒险吗？"

岸谷不说话，只是往前追赶。

"报告岸谷桑，我们还有七十六个人，掉队八个，冻死七个……"程彬说道。

岸谷恨恨地摇头。"这样追击，还不如自杀。"程彬终于爆发。

有士兵悄声传话："发现脚印了，这里有路。"

岸谷几乎是趴在地上行进，他抬头，火柴的光芒里露出狼一样坚定的目光。

突然，岸谷颓然遗憾又愤恨道："回到安全位置，等天亮。"

横烟正要开口询问，被程彬拦住。

程彬摇了摇头。

第二十九章　计　划

程彬醒来，看见岸谷在一边仿佛死了一般，程彬伸手试了一下岸谷的鼻息，不再担心。

程彬起身，眺望远处颜红光的方向，隐约可见颜红光和众抗联战士的身影，晨间，山中有雾，模糊不清。

早上，岸谷程彬等人艰难地爬下岩石，来到颜红光等人昨夜的火堆前。

“你为什么不早点叫醒我！”岸谷气急败坏道。

“满山浓雾，太阳不出来，一样没有用。”

“他们离开多久了？”

“半个小时左右，我们追得上，而且我们现在居高临下，追踪会更快。”

横烟上前道：“想不到一夜冻死了八个人，这一趟，没点收获，我也不舍得回去啊。”

“横烟君，你还是原地休息吧，我怕颜红光还没找到，就得给你收尸了。”

横烟倔强地摇摇头。

“所有人，加快行军，把饼干尽快吃掉，减轻负重。”岸谷要最后一搏。

丁康的手风琴被子弹打了个洞。颜红光笑着打趣道：“好好地照顾它，有机会我给你修。战斗太激烈，连丁康同志都忘记了自己的琴。他是好样的，你们每个人都是好样的。就这样，坚持下去，我们能过这一关。下了凤凰山，就是敌人的包围圈。咱们十天半月也弄不到吃的，侦察机已经发现我们了。岸谷他们就撵在屁股后面，也快精疲力竭了。你们说应该怎么办呢？”

众人都沉默了。

颜红光淡淡地说：“削他。”

一番阻击，岸谷和抗联各有损伤。

岸谷猜到颜红光是要在前面的森林里甩开他们，于是下令加快脚步。

此时，宋烟桥手下战士们几乎都挂了伤。

舒婕悄声说：“我想到个法子。”

宋烟桥默契地说：“我知道你的法子，但岸谷是个多疑的家伙，想骗过他，不能有漏洞。你准备在哪设套？”

“那尔轰木帮。”

“值得一赌。”

马家岭子，岸谷对众讨伐队中的尉官下令道：“你们继续向森警驻点追踪，轮番休息，我们原地休息。”

岸谷和程彬各自举着火把，骑在马上，在森林中缓慢行进，岸谷说道：“我们现在轮番搜索，彻夜不眠不休，他只有十几个人，除非他们是铁打的，否则，就不可能忍受寒冷，疲惫和饥饿。”

“但你也不要高估配合我们搜索的部队，虽然他们也具备丰富的山林作战经验，但搜索一个只有十几人的目标，仍然是困难的。”程彬说道。

岸谷骑马向前，程彬不屑地微笑着。

突然，有士兵报告说：“报告长官，在前面的一棵树上发现血迹。”

岸谷看看程彬，赶紧上前。

岸谷用手绢擦着手上的血迹说：“能在夜里发现沾在树上的血迹，你还觉得咱的战士们不行吗？”

“血迹未干，颜红光就在附近。有伤员，走不快，该熄灭火把了。”

“我怎么觉得着片林子这么熟悉？”

“等等，坏了，我们麻烦大了，连续三次发现的血迹好像都是同一棵树。”

那尔轰木帮一伐木工木屋附近，宋烟桥和大蹿儿看着“鬼打墙”的日军，二人悄无声息地消失在黑暗的树林里。

那尔轰木帮，宋烟桥把烟土物资都给了伤兵们，告诉他们一直往前走，就能活下去。

舒婕跟宋烟桥一道，丁康心里不是滋味。

颜红光向伤兵们敬礼，道别。

舒婕说道:“他们要是知道咱们的计划，打死也不肯走的。”

颜红光看看身边剩下的六个人，舒婕、丁康、大蹿儿、朴一生、罗开山、彭措大。这是他生命中最后的战友，颜红光会心一笑，说:“准备伏击。”

岸谷和程彬带着讨伐队走近木屋。程彬担心有伏击。

岸谷却说:“颜红光不会故技重施两次。上次我们人少，现在休整过来，十倍于他的兵力，他不会冒险伏击。”

颜红光和大蹿儿趴在一起，大蹿儿的枪此刻已经瞄准了岸谷。

岸谷慢慢走近大蹿儿的射程，却突然不动了。

大蹿儿顿时焦急。

岸谷看着山上，想了想，挥手示意众士兵上山坡上搜索。

颜红光甩着枪就是两枪，站起来，一边射击，一边向既定的方向跑去。

岸谷迅速卧倒，举着望远镜观察，他在望远镜里看到了颜红光，认出了他的脸!

“两点方向! 颜红光! 集中突破! 程彬，带你的人，迂回拦截!”岸谷吼道。

“鱼上钩了，撤离战场!”颜红光带着众人迅速撤离战场。丁康掩护着舒婕跟着颜红光撤离。

颜红光带着众人转移，舒婕觉得恶心，头晕目眩，扶着一棵树干呕。

舒婕强撑着站稳，再次前行，她捂住嘴，忍住恶心。一下没走稳，摔倒。

丁康立刻扶起了她。

舒婕口袋里摔出了她的口红，丁康拾起来，还给她。

这时正经过一条岔路，舒婕看了看手里的口红，思索的表情。

山脚下，岸谷彻底失去了颜红光的踪迹。

突然，畏大罗向岸谷跑来，报告说：“岸谷长官！发现一个奇怪的东西！看起来是女人的口红。”

岸谷接过来仔细端详。

“这荒山野地的，怎么会有这东西？”程彬说道。

岸谷正要将口红扔掉，电光石火的一刹那，他怔住了。

突然，岸谷狞笑起来，越来越大声，越来越得意。

他想起来，这是舒婕的口红，问道：“在哪里发现的？”

“请跟我来！”

畏大罗向其中一条岔路奔过去十多米，他的脚印很快就被大雪掩了。

岸谷狰狞地笑了，他仿佛看到了这样的场景：

舒婕和颜红光等人选择了一条岔路，行进，舒婕摔倒，口红不慎掉落。她没有注意到，继续前进……

“通知大部队，找到颜红光的去向了！就是这条路。”岸谷说道。

程彬无语道：“岸谷君！你开什么玩笑？就凭这个瞎猜？”

“你不懂！你不懂！就是这条路。”

横烟看着那口红，心里想到的是岸谷对舒婕扭曲的关注和感情，他想起岸谷杀妻的秘密，心里发怵，他选择了沉默。

“要是您弄错了……”程彬还在坚持。

“我不会犯错！”

“我是说假如，我们要耗费大量体力。你要知道，在这种挑战人极限的追逐中，一点点差距就会失败……”

“我是指挥官！所有人听我的命令！全速，沿着这条路，追击！立刻出发！立刻！”岸谷歇斯底里道。

夜里，宋烟桥把舒婕拉到一边，说：“十五分钟前，过那个多岔路口时，你做了什么？”

“我只是赌一赌运气，如果岸谷碰巧看见了那支口红，说不定会多浪费几个小时的体力。”

宋烟桥看着舒婕赞许地笑了。

岸谷等人追着口红所在的那条路，又走了很久。

“停止前进！”程彬说道。

“谁给你权力下命令的！”岸谷怒道。

“前半个小时，我拿不准。但后来转过一个弯，我觉得不对了。现在的方向，直奔着封锁线。颜红光没有那么蠢，他的方向感很强，绝不会自投罗网的。”

“或许，他是明知山有虎，偏向……总之，我没错。”

“就算你没猜错，这支口红是舒婕落下的，那也是她故意的。这是个圈套，你上当了。”横烟说道。

岸谷沉默，横烟继续低声道：“返回，按原计划找地方过夜，听老师的。你为什么追着口红跟疯了一样，大家都很疑惑，别让他们知道原因，那会影响你的威信。”

岸谷甩手一个耳光打在横烟脸上。岸谷和横烟对视，气氛凝固了。

良久，岸谷终于开口，他恢复了冷静，说：“老师，这次你可能是对的。”

横烟摇摇头，一句话没说。

“全体都有！原路返回，按原计划找地方过夜休整！”说完，岸谷拿起那支口红，摔在地上，疯了一样地踩，踩碎，踩烂……半晌，岸谷突然停下，蹲下身去，小心翼翼地把碎片收好，装进口袋。

“看什么？出发！”岸谷无视看向自己的众人。

林子里，舒婕从朴一生那里得知，自己已经怀了孕。

多伦木帮木屋里，大蹽儿在壁炉里找到了油纸包着的烙饼、苞米面粉子、白萝卜等食物。

“小罗你看看床板下面是不是有铺盖？”宋烟桥问道。

罗开山果然在床板下面找到铺盖，用兽皮包扎成捆。众人敬佩地看着颜红光。

宋烟桥说道：“这都是大山里的规矩，给别人留活路，自己也就有活路。老猎户留下，躲风雪的人走的时候，也要留下点儿给后来的人。”

屋外，朴一生抱着一小捆麻黄，归来。罗开山、彭措大、丁康迎上去。

“司令呢？”朴一生说道：“侦察去了，就找到点麻黄，我药包里还有生石膏和甘草，杏仁也有。”

彭措大说道：“幸好有老朴，一个兽医生生被我们练出了老中医的本事。”

“朴大夫，你确定这是麻黄吗？”丁康有些担心。

“反正我自学成才，看过本草纲日，麻黄就这模样。”

“本草纲日？还纲日呢？那叫纲目，知道不？”罗开山纠正道。

“啊？纲目啊？我念好多年纲日了！”

“你真让我担心啊，朴大夫，入药的分量呢？”丁康问道。

“我告诉你，就这些药，一块弄锅里煮，多放点儿水，把沫子撇了，一大锅水煮到差不多不剩啥了，就把药盛出来喝了，就这么着。”

另一边，汉奸们看这个架势，知道日本人抓不住颜红光，于是威胁程彬把岸谷绑起来。

程彬假装答应了，将岸谷捆住，千钧一发间，程彬却打死了几个汉奸。

岸谷努力让自己镇定下来。

程彬却冷冷道：“救你就是救我自己，我既然已经决定做吕马童，就得杀项羽。”

另一边，颜红光告诉几个铁兄弟，自己要去新京，去溥仪的皇宫转一圈。他说，自己早就放出了消息，就在这几日见报。

颜红光拉起了《义勇军进行曲》，大家跟着一起唱了起来。

岸谷接到了关东军的电报，冲横烟说道：“关东军司令部不会弄错的，今天，就在这个早晨，整个‘满洲’的报纸都刊登了颜红光的战书，他要在十五天后的子夜，进攻新京！”

岸谷神经质地笑了，说：“从一开始，我们就掉进了颜红光的圈套里。他把自己当诱饵，引着我们到处转悠。我一直奇怪，他为什么不一直奔着苏联去。他从来就没想过要去苏联，他打算死在这儿的，真是个可悲可敬的爱国者啊！”

横烟表示不解。

岸谷仰天长叹道：“就在一小时前，关东军调动，撤掉边境兵力，全力封锁滨江省南部。你还没明白吗，老师？颜红光是用自己的命，换其他共产军部队越界苏联！”

横烟完全听懂了，长久没有说话。

横烟问道：“我们的任务变了吗？”

岸谷摇头，说：“前辈！我根本就不在乎那些夹着尾巴逃去苏联的家伙，我只在乎颜红光！他们逃离了中国，就是一群失败者！但颜红光没逃！不但没逃，他还要进攻‘满洲国’首都！您知道吗？万一让颜红光冲破了封锁，真去了新京，哪怕是他一个人，就开了一枪，留下了那该死的红五角星，你知道意味着什么吗！”

“那将是重大的政治事件。你，我，我们所有人，都要自尽谢罪了。”

“那是死一万次都洗不清的罪责啊，”岸谷说道，“我们的人士气很低落，这消息仅限这屋里的人知道。谁也不能说出去半个字。前辈，请给我力量！请帮助我继续追下去，为了你我的生命，为了帝国的荣誉，为了我们的大和魂！抓到颜红光！杀死他！”

多伦木帮，程彬跟颜红光接上了火。

程彬瞄准大蹿儿，故意枪口下压。一枪打中大蹿儿的小腿，大蹿儿扑通倒地。

宋烟桥飞奔过来，却被畏大罗用机枪压制住了。

程彬再次瞄准，开枪，打折了大蹿儿另一条腿。

宋烟桥全部的注意力都在大蹿儿身上。侧面远处，岸谷向颜红光扔出了一颗手雷……

舒婕纵身一跃，扑在颜红光身上，护住他。

浪和土屑散去，颜红光发现舒婕晕倒在身边，满脸是血。

朴一生大步向大蹿儿冲了过去，迎着子弹如入无人之境。朴一生将大蹿儿负在背上，背着他向颜红光等人跑去……

畏大罗机枪扫射，但射界已经被树木挡住。

回到安全地带，朴一生给舒婕包扎好，却突然瘫倒。

众人发现，朴一生的腹部鲜血直流……

大蹿儿双腿已断，颜红光流着泪把他藏在树洞里，让他一定活下去。

遥远的山坡上，颜红光朝着岸谷方向开枪。

第三十章　死　斗

屯子农舍里，颜红光带着几人一路疾行，丁康背着舒婕。

颜红光看着某户人家门上挂着黄纸（有人死了），想了想，上前拍门。

屋内农妇开门，看到颜红光一行人，露出了惊恐的表情。

“大嫂，别怕，我们是抗联的。”颜红光说道。

“哦，哦……快！快进来！”农妇将颜红光几人迎进屋内。

屋内，丁康赶紧帮着罗开山把虚弱的舒婕放在炕上。

“大嫂，对不住了，要麻烦你，能不能给我们点吃的。”颜红光歉疚地说。

农妇赶紧去拿粮食。

舒婕对颜红光说道：“把我留下吧。”

颜红光和丁康都惊讶了，颜红光疑惑地看着舒婕。

“我不拖累你们，把我留下！”舒婕坚持。

颜红光看着舒婕，再看看农妇，说：“我妹子病了，我们要赶路，能不能您帮着照看一下。这是药，您每天给她煎两碗。”

农妇连忙点头，翻了半天终于弄了一小口袋玉米面，说：“这闺女交给我吧，我还你们一个全乎人儿，这个你们拿着。”

颜红光再看看舒婕，舒婕摇摇头，说：“我没什么话跟你说了。你们该走了，后面还有追兵。”

颜红光点点头，转身离开。

“等等。”舒婕张口。

颜红光留步，舒婕在烛火中盯着颜红光，仔细看着，一言不发。

这一刻，舒婕的心情更加复杂，她本来会和颜红光同生共死，但现在她知道自己怀了他的孩子。为了孩子，她必须求生，活下来。为了让他无牵无挂，她不打算告诉他——孩子的父亲。

舒婕微笑道：“我得永远记着你长什么样，永远。”

两人久久地凝视着对方。这短短的一瞬，仿佛无比漫长，时间凝固了。

这一刻，丁康在一旁看着二人，他的眼中竟没有醋意，他露出了一抹惨然的微笑。

丁康知道，这是最后的道别了。

颜红光等人出门，丁康看着舒婕，依依不舍。

“去吧，替我做一件事。”舒婕对丁康说道。

“保护他。”

丁康久久凝视着舒婕：“好。”

岸谷率队追踪到农妇家，见农妇家屋内有光亮，率队拍门。

舒婕钻进暗格，农妇重新铺好被褥。

岸谷进屋。程彬冷冷地问农妇："这么晚为啥还点着灯。"

农妇黯然地说："我男人没了，守灵呢。"

岸谷看见装着药的袋子，问道："这是什么？"

"药呗，病没治好，人就没了。"

突然，日本兵来报信说："发现人影，往北边走了。"

岸谷盯着农妇。

程彬说道："这屋里藏不下这么多人。"

良久，岸谷决定继续追踪。

多伦木帮附近山林，大蹿儿艰难地爬出树洞。

他的体力消耗非常大，没爬出几米，就动不了了。

山林里传来狼嗥声，大蹿儿一惊，四处打量着，并无狼的踪迹骂道："他娘的，狼闻到血腥味都来了。"

大蹿儿把枪装上子弹，扔到树洞前，努力往回爬。

丁康和彭措大在林中狂奔，丁康突然停了下来。

彭措大一声怒吼："干啥啊？快走啊！"

"不，我不走了，"丁康坐下，缓缓地脱下了自己那双鞋，交给彭措大，"司令的鞋底掉了，他现在光着脚。你把我的鞋拿去，给他。"

"我们把你扔下？放屁！"

"你听我说！"

"我不听！滚起来！"

丁康掏出手枪，顶住了自己的下巴，喊道："把手榴弹都给我。"

彭措大一时没了主意。

"我们都会活下去！你告诉司令！一定要活着冲出去，去找舒婕，他要替我活着，好好照顾她。对于很多人来说，满洲需要他，中国需要他，但对我来说，舒婕才需要他。一定要活着出去，找到她，记住了吗？”丁康严肃地说。

彭措大怔了怔，卸下了腰间全部手榴弹，一个个郑重地交给丁康。

“再见。”丁康淡然微笑。

岸谷众人追击在山林中，距离尚远。

突然，远处的树林边，传来了手风琴演奏的《远在小河对岸》。

丁康安静地坐在树下，把最后一个音拉完了。他缓缓地取下手风琴，举起一块大石头，狠狠地砸下去。

一下，两下，三下……丁康亲手砸烂了自己视之如生命的手风琴！

丁康蹲在树下，镇定地一个个拆开手榴弹，露出引线，放在一边。

丁康看着日本兵和岸谷向自己的方向移动，不动声色，面带微笑。

丁康见众讨伐队员逐渐上前，掏出一直保存的舒婕那条红围巾，围上。

讨伐队员逐步逼近。

丁康拔出一个引线，像打保龄球一样将手榴弹扔向日军。日军惊慌，纷纷开枪。

丁康继续向外扔手榴弹，周围纷纷爆炸。

众讨伐队员在火光和爆炸中倒下。

丁康身上已经中弹，他嘴里流出血，仍淡然地微笑着，一言不发，轻轻抚摸着沾满血迹的红围巾，还要擦拭干净。

只有最后一枚手榴弹，他拿起来揣进怀里，用一只手按着，拉响引线。爆炸前，丁康脸上挂着满足的微笑。

火光冲天。

林中，颜红光接过了彭措大递来的丁康那双鞋，眼睛都红了。

“他最后说……让您活着出去，找到舒婕。”彭措大说道。

颜红光脱下了自己没了鞋底的鞋，把另一只裂了口子的也脱了。他换上了丁康的鞋，把脱下的鞋掩埋好。

听着不远处的爆炸声和枪声，颜红光说道：“出发，为了他，我们要活下去。”

小溪边，颜红光写好了信，撕下来，折好，递给罗开山，说：“你带着这封信，往深山里去，绕过北面黑熊岭子，去烂泥沟子找陈政委，把信交给他，拿着我的印章。”

“陈政委真名叫作李允三，只有我知道。你见到他本人，这么说，他就知道你不是叛徒，去吧！小罗，你的任务是去搞粮食。这个饼子你们一人一半，你们路上当口粮。”

两个战士向司令道别，恋恋不舍地走了。

颜红光看着二人远去的背影，在一棵树旁坐下。

岸谷带领讨伐队继续前行。

岸谷打量疲惫不堪、士气低落的部下们。

有一个日本士兵双膝一软，跪在地上号啕大哭。

“哭什么？”岸谷问道。

“追了这么多天，死了这么多人，还是没追到。”日本兵哭丧着脸。

岸谷挥手给了他一巴掌。

横烟劝道："岸谷君，补给不够了。"

岸谷看着部下们一个个半死不活的状况，他掏出枪，直接枪毙了三个躺在地上准备睡觉的部下！

众人惊愕，连滚带爬地弹了起来。

岸谷疯狂地咆哮道："颜红光都能熬住，你们熬不住吗？你们不热爱伟大的天皇陛下吗？站起来！如果你们觉得为了荣誉去战斗很可怕，那就把剩下的力量都借给我啊！给我一个人啊！让我岸谷雄一一个人去战斗！就算到了绝体绝命的地步，我也要全身全灵地战斗！直至战死！都给我站起来啊！站起来！前进！"

多伦木帮附近山林，黑暗中隐约可见绿色的狼眼。

大蹿儿端着枪，朝着狼眼睛的方向，喃喃自语道："老朴啊，狼肉好吃不？"

不多时，大蹿儿架起了火，火上烤着狼肉，一张狼皮丢在一边。

"这狼肉还真难吃。"

另一头，罗开山和彭措大违背了颜红光的命令，决定两人一同去附近的屯子里搞粮食，然后回头找颜红光，却不料正好在屯子里碰上了程彬。

二人逃出来，却已经身中数枪。

一边，彭措大让罗开山讲讲他跟桃姑的事儿。

罗开山一撇嘴，道："讲个屁，还有子弹不？"

"没了，就剩一颗手榴弹了。"

"给我，我给你讲。"

彭措大递给罗开山一颗手榴弹。

罗开山说道：“那天，我要走了，她死活不让，我严肃地批评了她。我说，你身上穿的衣服是啥啊，她说东洋布，我说你抹脸上的是啥呀，她说是东洋的雪花膏。我说你那么喜欢东洋货，你咋不当汉奸呢，我不跟汉奸好。她说，你个王八蛋，你看我这身子是东洋的吗？她就把衣裳全脱了，然后我们就……哎，你不是要听吗？你他妈醒醒啊。”

彭措大已经死了。

罗开山看着他，说：“说你没福气吧，听都听不完。”

日军士兵已经来到他们附近。

罗开山拉下手榴弹的引线，念叨着：“你等会儿我，我接着给你讲。”

罗开山微笑着，手榴弹爆炸。

岸谷来到罗开山和彭措大的尸体前，发现了一封烧掉的信和一枚颜红光的印章。

岸谷当即推断，如果颜红光不是弹尽粮绝，是不可能让二人来这里搞粮食的。

岸谷拿出地图，程彬仔细观察，在某个地方画了一个蓝色的叉，说：“这是咱们的位置，保安村。往北全是荒山，这个季节没人烟。保安村的防卫这么森严，往南的胡家屯和四道营没什么驻军，为什么他的两个警卫要来保安村冒险？”

横烟接道：“这是唯一的选择。”

“对。胡家屯和四道营里保安村要走一天，他们没时间了，只能冒险来了这儿。因此，颜红光现在只可能在北面等待，往南的路完全在我们的监控下，他等不到警卫员，只可能继续向北……”程彬继续画着叉。

岸谷阴恻恻地笑了，说："饥饿，他就算真的是神，也战胜不了饥饿。保安村是凸出去的一个楔子。立刻电告各部，停止一切搜索行动，全部驻守村北柳子河，颜红光往南寻食物的路就断了。"

"这就是死斗了。"程彬说道。

"对，就是死斗，就我们一队三十人去追。三十人，武器食物充足，追一个饿得半死的颜红光，还有悬念吗？立刻出发！"岸谷狂笑。

一名通信兵进屋，牵着电话线，捧着电话机，喊道："报告！涩谷将军要和您通话。"

"将军！是……我们准备追击！不！不需要休整！您说什么？我拒绝您的提议？不！您是将军！但我是这次追击战斗的指挥官！我要根据具体情况做判断……不！我已经做了决定！您刚才说的话我没听见！喂喂喂！好了！通话结束！"岸谷把电话机摔了。

全屋的人都蒙了。

横烟走过去，小声说道："是……涩谷冈八将军？"

"对！那个老浑蛋！"

"你刚才在对将军咆哮你知道吗？"

"要是当面，我把胳膊抡圆了扇他！竟然要求我撤退回哈尔滨！他害怕颜红光！他简直不配做帝国的武士！可耻！"

"你还抗命？你会上军事法庭的。"

"没有人能审判我！杀不死颜红光，我会自剖肠腹，以谢天皇！"岸谷双眼血红，没人敢再说一句话。

屯子农舍，农妇快步进屋，舒婕已经接近康复，一身农妇打扮，正在帮农妇用斧头劈柴。

农妇告诉舒婕，说：“有个瘸子，到处打听你。”

舒婕想了想，收起手枪，说：“快带他过来！”

农妇转身出门。

半晌，大蹿儿拄着两根木头杈子，缓缓进屋。

两人对视……良久……紧紧拥抱！

大蹿儿告诉舒婕，丁康牺牲了，他找到了丁康遗留的日记本。

翻着日记，舒婕的眼圈红了。

最后一篇：

一月二十五日，晴。我想这可能是我的最后一篇日记了，鬼子离我很近了。她……不，我今天不想再用这个称呼了。噢，我已经可以看到鬼子的黄呢子军装了。我弹了你和他最喜欢的曲子，《远在小河对岸》，真美啊。小河对岸究竟是什么呢？我看不到了，希望你将来能够看到，告诉我。一定不要忘了。我把我的琴砸了，我生命里最重要的两样东西之一。那是我四岁那年妈妈送给我的，那时候妈妈还活着。我不会把它留给敌人。另一个是你，你会活下去，幸福地活下去。一个人走了这么多年，我也没觉得有什么，直到遇到你。可惜，已经到了最后了。我想我该喊出来，大声地喊出来。舒婕！你在哪儿？你好吗？舒婕！你在哪儿？你好吗？

舒婕的眼眶湿润了，她往后翻，后面一页已经是空白，只有斑驳的血迹。

舒婕紧紧地把日记攥在手里，她仿佛听见了丁康的声音在天边回荡。

保安村以北的树林矮窝棚里，颜红光醒来，看着熄灭的火堆，揉揉脸，坐直身子。他腹中突然疼痛得难以忍受，痛苦地伏在地上，头上豆大的汗珠下来了。

他知道，这是树皮在胃里无法消化造成的。

颜红光捧了一口雪，吞下，良久，缓过神来。

罗开山没有回来，颜红光知道，他一定是牺牲了。

颜红光露出坚毅的目光，他提起了双枪，检视身边，还有两枚手榴弹。他将手榴弹拿了起来。

树林子里，岸谷带领讨伐队众人，在林间背风处生火做饭，他们带的食物颇丰。

横烟给岸谷端来了食物，两人靠着树坐着，瑟瑟发抖，吃着。

“至多半个小时就天黑了，夜里还追吗？”横烟说道。

“当然！这是一场消耗战！你看看咱们的人，有东西吃，想想颜红光，挨着饿。但别忘了，我们的食物也有限，等抓到了颜红光，我还要把你们平平安安带回去。”岸谷得意地说。

“程桑！告诉你的人，我们还要在山里熬几天，每顿饭都是按定额发放，别贪嘴！”岸谷叮嘱程彬。

程彬点了点头。

远处，树荫后。有人正在窥视着讨伐队员们的行动，窥视的目光落在了堆放的食物上……

山中斜坡。

讨伐队士兵走在山路上，大雪纷飞。这是一个大上坡，众人正在艰难地爬坡，横烟走在队伍最后，带着两名士兵，一直护卫着食物，食物箱子由几名讨伐队的士兵们抬着。

黑暗中，山坡上远远地飞来了一样东西……

程彬一把扑倒岸谷，喊道："卧倒！手榴弹！"

手榴弹在队伍里爆炸……随着手榴弹爆炸，镜面匣子的枪声响了起来。

斜坡、夜晚、风雪、被突袭，猝不及防……来袭者枪法神准，高速移动，讨伐队七十多人竟然一瞬间忘记了射击。

岸谷第一个反应过来，喊道："是颜红光！开枪！抓住他！"

来袭者正是已经饥饿到极点的颜红光。

颜红光顺着大斜坡，继续下滑，手中双枪连续射击，"啪啪啪"，几个抬食物箱子的士兵都被击毙。

箱子落在地上。

横烟吓得连滚带爬，扑倒在一边，装死，根本无心战斗。

这时，离颜红光最近的就是岸谷，他没有枪械。岸谷横下心，解下一颗香瓜手雷，拉环，照着颜红光拖拽在身后四五米的箱子投掷过去。

箱子被炸得粉碎，颜红光被爆炸气浪掀翻……他爬起身，明白抢食物的最后一搏也失败了。他借着斜坡，滑雪撤退。

当程彬奔到岸谷身边，他们惊呆了。岸谷的左腿的膝盖处血肉模糊，手榴弹的爆炸破片就插在里面……他的腿被炸断，痛苦地大声号叫。

岸谷大声怒吼："他冒死来抢食物！是豪赌！是临死前最后一搏！你们懂不懂？把我抬上！追啊！"

"岸谷长官，我祈祷，在我们全部饿死前，能杀掉颜红光！"程彬看着炸烂的食物箱子和残废的岸谷，说道。

山林间。

颜红光此刻扔掉了脚上的滑雪圆木，徒步飞奔。他饥饿、疲劳，后有追兵，已经来不及做通常的“脚印掩藏”了。

程彬在前追踪脚印，黑夜中，颜红光清晰的大脚印为他们指引着方向。横烟和一名士兵抬着岸谷。岸谷半躺在步枪和棉袄做的担架上，嘴唇因失血和高烧而变得干枯乌青……

日夜更迭数次，双方已经僵持了三天三夜。

队伍中，所有的士兵都是一脸绝望，却唯独不见程彬。

横烟步履缓慢地走到岸谷身边来扶他，岸谷推开横烟，说：“如果你那时不贪生怕死，咱们的给养就不会被炸掉，他们就不会饿死冻死，对吗？”

横烟低头道歉。

面对一地冻死饿死的尸体，岸谷的内心也有些绝望了，说：“横烟前辈，告诉我，我们现在打道回府，还能活下来吗？”

突然，程彬独自一人，从林中走来，喊道：“我找到他了。”

“你说什么？”岸谷激动地问道。

“林子穿过去，五分钟脚程，有个土坡，坡上有两棵松树，脚印到坡顶就没了，不用猜，他就在那儿。”程彬冷静地说。

横烟有些恐惧地问：“会不会又是个圈套？”

“看看，我们只是冻了饿了三天，就成了这样，他多久了？别说战斗了，他还能爬得动吗？”程彬不屑道。

山顶，雪花飘落在颜红光坚毅的脸上。

颜红光检视自己的武器弹药——两支驳壳枪（型号不同，子弹不能通用），小的那把还剩下两发子弹，大的还剩七发子弹。

他已濒临人类体能的极限，疲惫至极的眼，满布血丝。此刻的他，仿佛移动一寸都要耗尽最后的力气，然而……

死神却悄然靠近。

混战中，颜红光负伤。

岸谷被两名士兵抬着，追击，射击……他的子弹也打光了。

颜红光藏身一棵树后，他身体紧靠着树，一点也不露出来。他的小驳壳枪还剩一颗子弹，大驳壳枪还剩下三发，这是他选定的最佳位置，没有死角，不易被偷袭。

战场恢复静谧，除了颜红光，战场上只剩下程彬、畏大罗、岸谷和两个抬岸谷的士兵。

岸谷开始对颜红光喊话，颜红光用两颗子弹，打死了两个抬岸谷的士兵。

程彬向畏大罗打手势，示意畏大罗寻找射击角度。

畏大罗匍匐移动。

程彬对颜红光喊话，颜红光却听到了畏大罗移动的窸窣声。

颜红光让程彬出来。

程彬一笑，缩得更紧，说："别了，司令，我了解你的枪法。"

颜红光说道："你真的了解我的枪法吗？"

颜红光迈出一步，拉出极小的射击角度，他抡圆了胳膊，手臂快速水平挥舞，甩出一枪……力学定理，动能令子弹划出一道诡异的弧线……

程彬虽躲在树后，依然中弹，他脖子被横向打穿，血汩汩往外涌。

林中，只剩下岸谷和颜红光。

绝望、沮丧、恐惧笼罩着岸谷，岸谷鼓起勇气，微微抬起头。

岸谷惊愕地发现，颜红光正一瘸一拐，远远地踉跄着向自己走来。颜红光身上有多处枪伤，并未造成致命打击，流着血……他的手里紧握着那把短刃，短刃滴着血。

突然，远处的雪窝中，程彬冒了出来。他并没有死，已给自己做了简易包扎，脖子依然流着血。程彬手持畏大罗扔掉的那挺捷克式，瞄准颜红光，扣动扳机！

三颗子弹，两颗打中颜红光上身，第三颗划破了他的头皮，血淌过头发流了一脸……

颜红光似乎刀枪不入，他向岸谷走去……

程彬再扣扳机，没有子弹了。他的意志在这一刻崩溃了，他躺倒在雪窝中，目光空洞，一切坚强都碎成了粉末——他简直不敢相信，颜红光是杀不死的？

不多时，暴风雪来袭，淹没了一切。

程彬艰难地爬到岸谷身边，低温和严寒使他伤口的血凝固了，颜红光并未打中颈他的动脉。

两人茫然地对视着……

1945 年，日本投降。

舒婕穿着棉服和棉鞋，围着围巾，大步爬上山坡。

颜红光牺牲的那两棵松树下，有烧过纸的痕迹，还摆着花圈和酒瓶。

周围寂静无人，只有山林中呼啸的风声。

大风吹歪了大树下的花圈和祭奠物。

舒婕默默地上前，把风吹倒的花圈和祭奠物品摆正。

牺牲的战友一个个在舒婕的眼前闪过，仿佛从来都没有离去。

舒婕望着崇山峻岭流下热泪，她露出欣慰的微笑，看着远方。

舒婕用尽全力，拖长声音，高声喊道：

“颜——红——光，你——好——吗？”

舒婕拼尽全力地呐喊，在回音消散时，她看到了远处的颜红光孤身一人走上山岭，高大伟岸的背影，他对着新中国露出了灿烂的笑容。